目次

第一話　冥途《めいど》の刺客

一

刷毛《はけ》で掃いたような秋空に、渡り鳥が飛んでいく。

「おお、ご覧なされ……雁《かり》の親子が仲良う飛んでいきまする……国元で病床に伏している父上のことを思い出されて、若君も感慨深いのではありませぬか？」

江戸家老の城之内左膳《じょうのうちさぜん》は近頃、頓《とみ》に出てきた腹を撫でながら、上座で書類に目を通している桃太郎君に声をかけた。

ここは讃岐綾歌藩《さぬきあやうたはん》の江戸上屋敷である。今日もまた溜まりに溜まった書類の山の前で、桃太郎君はうんざりした顔で、署名したり押印したりしていた。無理もない。まだ十八の遊びたい盛りなのに、一日中、屋敷の中で過ごすことが退屈で仕方がないのだ。

しかも、桃太郎君は実は——女である。

それゆえ、若君の姿で公務を強要されるのが、実に苦痛であった。年頃の娘になったのだから、尚更で気分が滅入る。

若君が女であることを、この江戸上屋敷で知っているのは、婆《ばあ》やの久枝《ひさえ》だけである。跡継ぎがいないと御家が潰れるという理由で、公儀には男が生まれたと届け出、若君として育ててきたのだ。

父親の松平《まつだいら》讃岐守の正室は、桃太郎君が幼い頃に亡くなっているが、八代将軍吉宗《よしむね》のいとこにあたる。つまり、紀州徳川《きしゅうとくがわ》家の親戚となり、三万石の小大名とはいえ、由緒正しい大名と讃《たた》えられ、様々な優遇がされた。

老中は無理でも、若年寄《わかどしより》という幕閣にはなれるかもしれない。その前に、奏者番《そうじゃばん》や寺社奉行という要職に就くこともあろうから、若君は来たるべきときのために、城之内が側近として教育を施し、藩主としての礼儀作法を学ばせているのである。

「若君……心ここにあらずですぞ。さようなことでは、上様御拝謁の折には不作法となってしまいますし、重職の要請があった場合に対応が鈍りましょう。日頃の気構えや鍛錬こそが……」

城之内は説教を止めて、桃太郎君に向かって掌《てのひら》を振ってみた。が、

「もうよい……飽きた……」

と桃太郎君はおもむろに立ち上がり、縁側に出て、塀の外の風景に目をやった。遠くまで飛び去っていく雁の群れも、小さくなっている。ふうっと短い溜息《ためいき》をついた桃太郎君の態度に、城之内はわざとらしく大きな声で、座って下さいと言った。

だが、桃太郎君は何も言わず、遠い空を見上げている。その虚《うつ》ろな顔は妙に艶《なま》めかしく、叱りつけようとした城之内も思わず、息を吞《の》み込んだ。役者のように美しい面立ちを、まじまじと見つめながら、

「――わ、若君……大丈夫ですか……」

「何がじゃ」

振り向いたその仕草もドキッとなるほど、色っぽかった。城之内は目のやりどころに困ったように、

「いえ……な、何でもありません」

「妙な目つきをしおって、なんだ。余はそんな趣味はないぞ」

「そんな、とは……」

「男色じゃ。おまえは若い頃、随分と男を泣かせたそうじゃな。久枝から聞いて

おる」

「で、出鱈目《でたらめ》です。私は女が好きです」

「さようか。どんな女が好みか言うてみせい。こんな感じか？」

わざとシナを作って微笑《ほほえ》みかけた桃太郎君に、城之内は喉を鳴らした。月代《さかやき》も剃《そ》らず、総髪《そうはつ》を束ねているだけなので、たしかに年頃の娘にも見える。

「こ……これは失礼をば……ですが、若君、そんなおふざけはなりませんぞ。男であるからには、男らしゅう……」

「いいや。一度、女装というものをしてみたい」

「えっ……何故、そんな……」

「楽しそうだからだ」

桃太郎君の流し目に戸惑いながら、城之内は勇気をふるって、「失礼！」と身を乗り出して、その額に手をあてがった。

「――熱はなさそうですが……もしかしたら、連日の公務で、お疲れなのやもしれませぬ。寝所にてお休み下され」

「そうか。では、そうする」

あっさりと桃太郎君は従って、奥に向かった。城之内は明瞭な声で、

「こういうことは、すんなりと言うことを聞くのですな」
と皮肉を言ったが、桃太郎君は振り返ることもなく、ただ絶対に起こすでない
と言い捨てるだけであった。
それから、半刻《はんとき》も経たぬうちに――。
深川永代寺門前仲町《ふかがわえいたいじもんぜんなかちょう》の呉服問屋『雉屋《きじや》』に桃太郎君の姿があった。
この店は、桃太郎君が女装……いや、本来の娘に戻るために着替えるときに使われている。日本橋《にほんばし》にある『雉屋』の出先として作られた店で、繁華な参道から
は外れた所にあるものの、富岡八幡宮《とみおかはちまんぐう》の御利益《ごりやく》があるのか客で溢《あふ》れている。
主人の福兵衛《ふくべえ》は隠居の身であり、道楽で出しているような店だが、讃岐綾歌藩
の御用達を受ける縁もあって、桃太郎君から〝桃姫〟に変わる手助けをしている
のだ。しかも、町場で何かあったあとの隠れ蓑《みの》にもしている。
つまり、福兵衛は、久枝とともに数限られた桃太郎君の秘密を知っているひと
りだ。
若君姿のままだと、小松崎《こまつざき》ら見張り役の家臣らの目が光っているので、久枝が
お付きの御殿女中に見せかけて連れ出すこともあった。今日は、城之内がすんな
りと寝所に行かせたから、『雉屋』には単身、来ていた。

「よろしいのですか、若君……女中頭の久枝殿に叱られるのは私ですからな……近頃、頓に町場に出られる数が多くなったので、心配されてましたぞ」

福兵衛は心配そうに言いながらも、屏風《びょうぶ》を隔てて、自分で着付けている桃太郎君に声をかけた。だが、悪びれるどころか、

「ここに来れば、『雉屋』福兵衛の姪《めい》っ子の桃香《ももか》じゃ。よしなにな」

と毎度の念を押した。

「さて、今日はお芝居でも観て、普段の疲れを癒したい……ところだが、そんな暢気《のんき》なことを言ってる場合ではなさそうよね」

「と申しますと……？」

「勘定吟味役《かんじょうぎんみやく》の渋川左内《しぶかわさない》が殺されたそうではありませんか。しかも、夜鷹《よたか》らしき女に」

興味津々という顔で言う桃香を、福兵衛はまじまじと見て、

「どうして、そのことを……もしかして、読売《よみうり》でも読みましたかな」

「当家も一応、親藩ゆえな。公儀の出来事くらいは耳に入ります。それに、近頃は、大きな両替商や札差《ふださし》が、〝借金棒引き令〟で潰れかかってますね。それと関わりあると、私は睨《にら》んでいるのです」

幕府が旗本《はたもと》や御家人を救済するために、両替商や札差に対して、借金の帳消しや低利の割賦《かっぷ》などを命じた法令は、後の寛政《かんせい》年間や天保《てんぽう》年間に実施されたものが有名だ。が、そもそも旗本や御家人の貧窮問題は、三代将軍家光《いえみつ》の治世からあり、徳政令の名のもと、武家の借金をなしにしていたのだ。

幕府の財政が逼迫《ひっぱく》しているのと、低い俸禄《ほうろく》のために借金をせざるを得ないことが相まって、旗本や御家人は苦しんでいたのである。特に、切米手形を扱っている札差からの借財は、深刻化しており、利子だけでも膨大なものになっていた。

ゆえに、

——借金を棒引きにする。

ことによって、旗本や御家人を救っていたのである。

たまらないのは、貸した両替商や札差の方だ。借金をチャラにされたり、何十年も無利子同然にされては、首をくくれというのも同然である。

「だから、〝借金棒引き令〟を恨んでいた誰かが、この御定法を作った張本人である渋川左内を殺した……と私は睨んでる」

「またぞろ勝手な想像で突っ走っては困りますよ、姫君……いえ、桃香様」

「様は要りませんよ。誰が聞いてるか分からないので、気をつけてね」

屈託のない笑みを返す桃香に、いつものように福兵衛は困惑した。こういうときには、密《ひそ》かに、門前仲町の大親分に後ろ盾を頼むしかないと思っている。その大親分とは、

――もんなか紋三《もんぞう》。

のことだ。

江戸市中に〝十八人衆〟と呼ばれる子分がおり、その子分たちも地元では押しも押されもせぬ十手取り縄を預かる大親分である。中でも、芝神明《しばしんめい》の伝五郎《でんごろう》、高輪《たかなわ》の万七《まんしち》、神田《かんだ》の松蔵《まつぞう》、浅草《あさくさ》の伊右衛門《いえもん》らは四天王として、紋三を陰になり日向《ひなた》になり支えていた。

それぞれが下っ引を二十人ばかり抱えているから、万が一、大捕物になったとしても、あっという間に、三百数十人が集まることになる。ゆえに、悪事を働く方も、紋三にだけは目をつけられないように、気配りをしていた。

だが、勘定吟味役の渋川左内が殺された一件では、紋三が直に動いたにも拘《かか》わらず、すでに数日が経っているのに、未だに解決していない。つまり、それだけ、難儀な事件だということであろう。

「だからこそ、私が乗り出して来たのです」

いかにも事件好きの顔つきで、意気揚々と桃香が目を輝かせると、福兵衛は頭を抱え込んで呟《つぶや》いた。

「――またぞろ、若君、いや姫君、いや桃香……ああ、もうややこしやッ。とにかく、私を困らせないで下さいね」

二

紋三の縄張りである本所《ほんじょ》深川界隈には、綾歌藩もそうであるように、意外と武家屋敷が多い。特に小名木川《おなぎがわ》沿いには、紀伊《きい》家や一橋《ひとつばし》家をはじめ、老中や若年寄など幕府重職を担う大名や旗本の下屋敷が多かった。

そんな場所柄ゆえ、繁華街や悪所があるにしては治安が良く、商家の隠居も暮らしたり、俳人や画人などが庵《いおり》を編んだりしていた。ゆえに独特の文化の香りも漂っていた。

新大橋《しんおおはし》に近い、かつて芭蕉庵《ばしょうあん》があった辺りに、『法徳庵《ほっとくあん》』という瀟洒《しょうしゃ》な庵があった。竹垣で囲まれた素朴なものだが、隠居か文人が優雅に暮らしているような風情である。

『法徳庵』に桃香が来たのは、その日の昼下がりだが、ちょっとした訳がある。

実は、二月程前のこと——。

富岡八幡宮の境内の縁日の最中、ひとりでぶらぶら歩いている桃香に、酔っぱらいの浪人者が絡んだことがある。そのとき、たまさか近くにいた初老の女が助けてくれたのだ。

そんな酔っぱらい、武芸十八般を極めている桃香にとっては、どうってことがなかったのだが、若い娘が醜怪な浪人者の餌食《えじき》になるのを見るに忍びなかったのであろう。初老の女自身が声をかけてきたのだ。

浪人者は腹を立てて、初老の女を突き飛ばそうとしたのだが、逆に小手投げで倒された上に、杖で鳩尾《みぞおち》を突かれた。気を失った隙に、初老の女は自分の庵に連れて行ったのだ。

桃香がそこで見たのは、初老の女の穏やかな暮らしぶりだった。

由利《ゆり》という美しい名で、もう古稀《こき》近いというのに、麗しい顔だちの上に、瑞々《みずみず》しい肌をしていた。近所の娘たちを集めては、茶や生け花、歌道などの作法を教えるのが、生き甲斐《がい》のようだった。それゆえ、老後の日々が充実していたのだ。

その生き甲斐のひとつが、施しであった。ひとり暮らしの老人を訪ねたり、貧しい人や病気の人たちに金品を恵むのはもとより、苦しい境遇の話を聞いてあげたり、時には死に臨む人の看取りをすることもあった。そんな穏やかで優しい人柄に、

——花咲か婆さん。

と親しみを込めて呼ぶ人もいた。まるで春の花のように、人々を明るくするからだ。

「おや、これはこれは。よく来てくれたわねえ……」

まるで娘か孫のように声をかけて、軽やかな足取りで、縁側から降りてきた。植え込みには秋の草花も咲いており、石垣に囲まれた小さな池には、華やかな色の鯉《こい》が悠然と泳いでいる。

「お元気だったかしら? 時々、『雉屋』さんにも訪ねるのですが、ふだんはいらっしゃらないのねえ」

桃香は讃岐綾歌藩主の〝若君〟であることは、もちろん隠している。呉服問屋の姪っ子で通しているのだ。だが、初めて由利に会ったときから、どことなく懐かしく感じ、茶や花、香道などを通して、すぐに打ち解けた。

しかも、庶民に対して常に温かい心を持っている由利に対して、尊敬の念すら

抱いていた。むろん、桃香も由利が何者であるかは知らない。本人はハッキリとは話さないからだ。だが、何処かの武家の奥方で、今は隠居同然に暮らしているのであろうと思っていた。

「今日も色々なお話を伺いたくて参りました。宜しくお願い致します」

ちょこんと頭を下げた桃香を、由利は若さが羨《うらや》ましいのか、眩《まぶ》しそうに見ていた。

庭を散策して、離れの小さな茶室に入ろうとしたときである。

「ごめんなすって」

と若々しい男の声がかかった。

思わず振り返った由利と桃香の目には、門内に入った所に、職人風の男が立っているのが映った。まだ童顔が残っているほどの若さで、物腰は低いが、目はやけにギラギラしている。

「ここは女人《にょにん》だけの庵ですので、殿方は遠慮願いますよ」

由利は拒むように言ったが、若い男は気にする様子もなく、さらに踏み込んできて、丁度、池を間に対峙《たいじ》した。

「お願いがあるのです。ご教示願いたいことがあって、参りやした」

「申し訳ありませんが、表にも札に書いているとおり、茶道や華道は女人にしか教えないのです。もし、学びたいのであれば、何方《どなた》かをご紹介致しますが」

穏やかに返した由利に向かって、若い男はほんの僅《わず》かに意味ありげに口元を歪《ゆが》め、

「俺は善次《ぜんじ》という者で、植木職人の真似事《まねごと》をしてやす」

「そうですか……でも、庭木の剪定《せんてい》なども、私たちが自分でやってますから」

「剪定……」

善次と名乗った若い男は小さく頷《うなず》いて、

「なるほど。世の中の悪い奴を剪定するのが、奥方様の仕事なんですね。たしかに悪い芽は早いうちに摘み取った方がいいし、もし、変なのが出てきたら、容赦なく切るのが他の人のためにもなる」

と妙に感心したように言った。

「何をおっしゃってるのか、よく分かりませんが……」

「惚《とぼ》けなくても結構ですよ。どうか、俺の願いを叶《かな》えて下さいやし……実は、始末して貰《もら》いたい奴がいるんです」

物騒な善次の言い草に、由利は何か誤解をしているなと思ったが、しばらく黙

って聞いていた。こういう輩《やから》は、下手《へた》に止めると逆上するのもいるからだ。

そんな様子を、桃香がさりげなく窺《うかが》っていると、善次は意を決したように、

「――ある人を殺して欲しい」

とハッキリと言った。

「なんと……今、何と申しましたか……」

由利の目がギラリとなると、善次の表情は強張《こわば》った。桃香もふたりの只《ただ》ならぬ様子を見逃さなかった。

「俺は見たんです。勘定吟味役の渋川左内が殺されるところを」

その名を聞いた桃香は再び驚いて、善次の話すのを凝視していた。

「永代橋《えいたいばし》の東詰の船宿から、渋川がひとりで出てきたところを、夜鷹風の女が近づいて、ほんの一瞬のうちに喉をカッ切って殺した。後から女将たちが見送りに出てきたときには、もう渋川は倒れてやした」

ほんの一瞬、人目が離れたときに、渋川は悲鳴も上げる間もなく死んだのだ。

それを、たまさか近くの路地から、善次は目撃していたのだった。

「ならば、どうして、お上に報《しら》せなかったのです」

横合いから、桃香が口を挟むと、善次は真面目な顔つきになって、

「あんたも仲間かい……まだ若いから、さしずめ、弟子だな……あんたからも頼んでくれねえかな、仇討《あだう》ちをしてくれって」

と切実な声で言った。

「仇討ち……？」

「渋川は、落首でもからかわれるほど、酷《ひど》い奴だ。だから、誰かが刺客に頼んで、殺したに違いない。あんな奴がのさばってたら、俺ら庶民の浮かぶ瀬はなくなるからな」

「……」

「前々から、噂《うわさ》は耳にしてた……綺麗《きれい》で上品で、それでいて腕の立つ始末屋がいるって……まさか自分の目の前に現れるとは思わなかったけれど、俺は確信したんだ」

「……」

「あんたは、人の恨みを晴らしてくれる始末屋だって」

揺るぎない目つきの善次を、呆《あき》れ顔で見ていた由利は、短い溜息をつき、

「――そう……そこまで言うなら、話を聞かないではないけれど、請け負い料は高いよ」

と静かに言った。わずかだが声の調子が重くなった。桃香は不思議そうに見ると、由利の表情も真剣味を帯びている。

「殺しなら、百両は貰わないとね」

「えっ……そ、そんな大金、俺にゃ到底、無理です」

「だったら、諦めることですねえ」

「いやだ……ここまで話したんだ……なんとか、お願い……あ、そうだッ。それなら、俺も、そこの綺麗な姉ちゃんのように、弟子にしてくれねえか。技を学んで、自分でやるからよ」

　突拍子もないことを言い出す善次に、真剣なまなざしをしばらく向けていたが、由利はキッパリと言った。

「そうですか。だったら、一から修業をさせてあげるから、何でも言うことを聞くね」

「へえ。もちろんでやすッ」

　善次は子供のような笑顔になって、

「弟子にしてくれるんでやすか。願いが叶うなら何だってやります。肩揉みだって、掃除や洗濯だって」

とすぐさま庭を掃こうとして、近くにあった箒《ほうき》を手にしたが、勢い余って滑って転んだ。どこか憎めない。おっちょこちょいなところがあるようだ。

「分かりました。では、この俺は女人しか入れませんが、特別に下男として雇ってあげましょう。それで、いいですね」

険しい声で由利が言うと、すぐさま桃香が割って入り、

「由利様。こんな得体の知れない者を、庵に置いてはなりませぬ」

「いいのです。ここに迷い込んできたのも何かの縁。人助けだと思って、修業させてあげようではありませんか」

「そんなバカな……」

「ええ。私はバカが付くくらい、お節介焼きですからねえ」

由利はニコリと桃香に微笑みかけながら、「あなたもでしょ?」と付け加えた。

もちろん、由利のことを本当に金で殺しを引き受ける刺客とは思ってない。何と返事して良いか戸惑った桃香だが、

——深い考えがあるに違いない。

と従った。

由利のことは、度胸も度量もある女だとよく知っているからである。しかも、

渋川殺しの下手人や真相が分かるかもしれないと、踏んだからだ。

心配そうになる桃香に、由利はお茶目な顔になって笑いかけていた。

三

その日から、善次は『法徳庵』に住み込みで修業をすることになった。

昼間は、茶や花、琴や和歌などの稽古や鍛錬に来る武家の奥方や若い娘、商家の内儀から町人娘などで賑《にぎ》わっているものの、夕暮れになると水を打ったように静かになる。暗くなると物売りや川船の櫓《ろ》の音も聞こえなくなるので、一層、寂しくなった。

善次は意外と真面目な若者で、文句のひとつも言わず、掃除はもとより、庭の手入れや薪《まき》割りから水汲《く》みなど、毎日毎日、黙々としていた。植木職人に付いていたこともあっただけに、剪定も綺麗にして、ほったらかしにしていた枯れた夏草の後始末もした。

見違えるほど美しくなった庭を眺めながら、

「おまえさんは腕の良い植木職人になれるでしょうねえ……今年の秋は、この庭が映えるくらいの名月を楽しめそうですよ」

と由利が言うと、善次はまんざらでもない顔で、素直に喜んだ。

「ねえ、そうでしょ？　人様に良いことをすれば、一番嬉《うれ》しいのです。だから、私も自分のできることだけ、小さなことですが、人様に何かをしてあげてる。それが私自身の喜びになるからです」

「そんなもんかなあ……」

「ええ、ええ。あなたに家や庭を綺麗にして貰って、私、とっても嬉しいですことよ。庵の名どおり、〝ほっとくあん〟ですからね。何もしないんです。私、案外、無精なものですからね。本当にありがとう」

善次は照れ臭そうに笑った。

「だから、つまらないことは考えず、植木職人になりなさい。知ってる立派な植木職人の親方を紹介してあげるから」

由利がそう言った途端、俄《にわか》に善次はふて腐れた顔になって、

「つまらないことじゃねえ……俺の親父とおふくろを殺した奴に仇討ちして欲しい。いや、自分でやるから、間違いなく仕留められる技を教えて欲しい。そのために俺は……」

「あなたにとっては悲しく辛《つら》いことなのでしょう。でも、人を恨み続けて生きることほど、つまらない人生はない」

「……」

「亡くなったご両親だって、あなたが人殺しになるのなんて、喜ぶはずがありません……殺した下手人が分かってるのならば、法で裁かれるべきです。そのためなら、私は幾らでも尽力します……詳しく話してみませんか。ご両親が亡くなった経緯《いきさつ》を」

丁寧に、まるで自分の身内でもあるかのように、由利は問いかけた。だが、善次は何処か頑《かたく》なで、肝心なことを話そうとしなかった。――よっぽどのことがあったのだろう。

由利はそう思って、それ以上の無理強いはしなかったが、善次は心を閉ざしたように唇を嚙《か》みしめるだけだった。ただ、

「いいから、教えてくれよ……俺はただ仇討ちをしたいだけじゃねえ……できることなら、あなたのような凄腕の始末屋になって、世の中のあくどい奴らを懲らしめてやりたいんだよ」

「懲らしめたい……」

「ああ。人を人とも思わぬ奴は幾らでもいるからな。俺が葬ってやるんだ」

「御定法で裁くことが大事で、怨《うら》みを晴らすために殺すのはよくないことです」

武士には仇討ちは認められていた世の中とはいえ、事情をしっかり調べられた上で、果たし状を公儀や藩などから認められなければ、行使できなかった。それでも稀《まれ》なことで、ましてや町人にはその慣習はない。

「分かってるよ……だからこそ、怨みを晴らしたくても晴らせない人たちに代わって、願いを叶えてやりてえ。あんたも、そうしてきたんだろ」

善次は頑なに、由利のことを始末屋と思い込んでいる。真剣なまなざしで、じっと見つめると、鉈《なた》で薪割りを始めた。憤懣《ふんまん》やるかたない思いだったのか、手から鉈が滑って、裏の篠戸《ささど》の方へ飛んでいった。

丁度、その時、裏庭に入ってきたひとりの侍にめがけて飛んでいった。

——あっ！

顔面に命中したかに見えたが、侍は軽く躱《かわ》して、ガッと鉈の柄を摑《つか》み取った。

「危ないではないか」

声をかけながら、薪置き場に鉈を戻して、まじまじと善次の顔を見た。

身の丈六尺程の肩幅も広く、壮健で立派な体軀《たいく》の侍である。木綿の着物に野袴《のばかま》姿であるが、腰に両刀を差した姿は威風堂々としており、一角《ひとかど》の武芸者に見えた。年の頃は、四十半ばであろうか。不動の心得があるように落ち着いている。

その顔を見た途端、善次は思わず、

「おい。ここは女人しか入れねえ庵だぞ。誰だ、てめえ」

と番犬のように吠えた。

「いいのですよ、善次さん。それは私の息子ですから」

由利が声をかけると、善次の目には一瞬、疑いの色が浮かんで、

「――息子だと……いや。どう見ても、凄腕の剣客に見える。あ、そうか。もしかして、師匠の一番弟子とか」

「本当に息子ですよ。たったひとりの子供なのです」

「てことは、師匠はやはり武家の……」

「小普請組《こぶしんぐみ》の旗本です。徳田新之助《とくだしんのすけ》という歴《れっき》とした三河《みかわ》以来の旗本ですが、少々、落ちぶれましてねえ」

少し謙《へりくだ》った言い草で、由利は言った。小普請組とは、城の石垣や屋敷の修繕に狩り出される役職だが、実際は無役を意味する。ゆえに、日頃はぶらぶらしていることが多いのだ。

「へえ……無役でもたんと食べていけるんだから、旗本ってのはいいご身分ですねえ」

からかうように善次が言うと、由利は庇《かば》うように、

「でも、〝いざ鎌倉《かまくら》〟となると駆けつけねばならぬ。将軍のために命を賭《か》ける大事なお役目があるから、大変なんですよ」

「へえ。そうですかい……でも、殺された渋川左内のような旗本もいるんだから、何とも腹が立って仕方がねえ……」

ぶつくさ言っている善次の側《そば》に、堂々たる態度で、新之助と呼ばれた中年男は近づいてきた。目の前にくると一際、大きく感じる。善次は思わず後退《あとずさ》りした。

だが、由利は懐かしそうに新之助の手を優しく握って、

「よう、おいでなさった。ささ、茶でも召し上がれ」

と誘った。が、新之助は善次に詰め寄って、

「おまえか。母上の弟子にしてくれと押しかけて来たのは」

「な、なんで、知ってるんだよ」

「仮にも俺も旗本だ。母上の身の廻《まわ》りくらいは、家来に見張らせておる」

「——そんなことしなくたって、一緒に住んだら、いいじゃないか。それとも、

女房殿と折り合いが悪いのか」

「女房はおらぬ」

「その年でかい。へえ、優雅なもんだ」

「何年も前に、流行病《はやりやまい》で死んだ」

「……こりゃ、悪いことを聞きやした。でも、母上なんだからよ。大事にしなきゃ、いけないじゃねえか。こんな侘《わ》び住まいにひとりだなんて、あまりに可哀想《かわいそう》だ……」

両親が殺されたと話していただけあって、母親への思いが強いのだろうと、由利は察した。が、息子を庇うように、

「私が好んでひとり暮らしをしてるのです。それに、私は〝はした女《め》〟であって、正室ではありませんでしたからね」

だから、屋敷には住んでないのだと、言い訳じみて言った。複雑な関係であることを、素直に話した由利に、善次は神妙な顔つきで同情した。そんな善次のことを、新之助も曰《いわ》くがあると感じて、

「渋川左内殿のことを話しておったが、おまえと何か関わりがあるのか」

「え……ああ……いや、なんちゅうか……」

顔を背ける善次を、改めて凝視した新之助の表情には険しいものがあった。

「勘定吟味役とは、勘定奉行を監視するほどの重職だ。公儀では下手人探しに躍起になっておる。知ってることがあれば、申せ」

「……えっ？　あんた、息子だろ？　母親がやってること知らないの？　一体、どういう親子なんだよ」

善次はふたりの顔を交互に見比べた。由利と新之助には、疚《やま》しいことは一点もないという清々《すがすが》しい態度である。それが、善次には不思議で仕方がなかった。

──ハハン……もしかして、息子は母親が密かに始末屋をしていることを、知らないのかもしれない。

と勘繰った善次は、これ以上、余計なことは言うまいと決めた。ただ、色々とお世話をしながら、植木の修業をしたいとだけ、新之助に伝えた。

由利も何かを誤魔化《ごまか》すように、新之助を茶室に招き入れると、何事もなかったかのように、釜の前に座った。

──妙な親子だぜ……何だか分からないが、怪しいっちゃあ、怪しい。

そう感じながら、善次は母子の姿を離れた所から眺めていた。

四

深川は門前仲町の〝おかげ横丁〟にある岡っ引・紋三の家には、数人の岡っ引や下っ引が慌ただしく出入りをしており、本所見廻り方同心の伊藤洋三郎《いとうようざぶろう》も押しかけていた。

「どうなんだ、紋三。殺されたのは、勘定吟味役ってえ、偉いお役人だ。まだ目星はつかないのか」

いつものように、何かにせっつかれてる態度で訊《き》いた伊藤の前で、紋三はぷかぷかと煙管《キセル》を吹かしながら、

「そうでやすねえ……喉をひとっ掻《か》きってのは、ド素人の仕業じゃありやせん。しかも、ほんの僅かな間、ひとりになった隙を狙ってのこととなると、かなり用意周到に狙っていたということでしょう」

「というと？」

「下手人はひとりとは限りやせんねえ。たとえば、供の者の気を引いた合間に殺したとも考えられやす」

「つまり、行きずりの殺しではなく、恨みだってことか」

「へえ。ですから、その辺のことは手下に調べさせてやす。渋川様自身への恨みか、御公儀への腹いせか……まだ釈然としないところは沢山ありやすからねえ」

紋三は煙管をポンと箱火鉢の片隅で叩いた。灰が落ちるのを、見るともなく見ていた伊藤は短い溜息をついて、

「──おめえ、煙草《たばこ》は止めたんじゃなかったか、紋三」

「近頃は口元が寂しくなりやしてね」

「口元が……じゃなくて、家の中が寂しくなったんだろうがよ。お光《みつ》がいなくなったから、胸の中に隙間風が吹き込んでくるんだろ」

伊藤はからかうように言うと、苦笑いを返してから、紋三はまた煙管に煙草の葉を詰め込んだ。半分は図星のようだ。

実は、もう三月程前から、お光は武家屋敷に奉公に出ているのだ。花嫁修業というところであろうが、紋三の心中が穏やかでないのは、奉公先が南町奉行・大《おお》岡越前《おかえちぜん》の屋敷だったからだ。

むろん町奉行所内の役宅ではなく、霞ヶ関《かすみがせき》の拝領屋敷である。ここは後に、一万石の大名となり、寺社奉行となったときにも住んでいる所で、立派な長屋門の

屋敷であった。

紋三は、大岡越前自らが御用札と十手を預けている大物の岡っ引である。与力《よりき》や同心が手渡しているものとは格が違う。それゆえ、妹の嫁ぎ先も、大岡は心配してくれているのだ。

「世間でも、お奉行とおまえの仲はよく知られてる。だから妹に、密偵みたいなことをやらしてるのではないか、なんてことを言う奴がいるぜ」

「密偵ねえ……」

鼻で笑った紋三は、それでも寂しそうな顔で、

「俺がずっと独り者だから、お光には女房の真似事をさせてしまった。せめて、嫁ぎ先くらい、いい所にと思ってよ」

「だったら、俺なんか、どうだい。お光もまんざらではないと思うがな」

「旦那だけは、ご免被《こうむ》りやす」

ふっと煙草の煙を吹きかける真似をした。伊藤は手で払いながら、

「そんなに俺のことが嫌いか、ええ？　いつだって、俺はおまえを立ててやってだな、後ろ盾をしてやってるじゃないか」

「町方同心なんてのは、いつ何処で何が起こるか分かりやせんからね。若後家《わかごけ》に

しちゃ可哀想ですから」

「縁起でもないことを言うなよ……」

「いえ。旦那には前々から、死相がありますからねえ」

「チッ。言うに事欠いて……」

腹立たしげに伊藤は立ち上がって、

「とにかく、何か分かったら、真っ先に俺に報せるんだぞ。間違っても、大岡様直々にお伝えするのではないぞ。それが、役人の上下のしきたりってもんだ」

と言った。そのとき、

「御免下さい」

声があって、若い町娘が入ってきた——かと思えば、桃香であった。

「おまえ、たしか……」

伊藤も何度か顔を合わせている。呉服問屋『雉屋』のご隠居の姪っ子であることは承知しているが、今ひとつ摑みどころのない娘だと思っていた。

「あら、〝ぶつくさ〟の旦那もおいででしたんですね。また親分に助けを求めて？」

「町娘のくせになんだ、その挨拶は」

「丁度、良かった。私、先日の渋川左内様のことで、ちょっと調べてたことがあるんですよ。親分に聞いて貰おうと思ってね」

桃香がチョコンと紋三の隣に座ると、「近すぎるだろう」と伊藤は引き離そうとした。が、桃香は気にする様子もなく、まるで親戚の者にでも接するように、

「あれはね、親分……始末屋って、金で殺しを請け負う人がやったんですよ」

と断ずるように言った。

突拍子もない話に、伊藤は眉を顰《ひそ》めたが、紋三はまた煙管をポンと叩いて、

「それは俺も調べてる最中だ。桃香……今度ばかりは、おまえは関わらねえ方がいい。下手をすりゃ、命を落とすからよ」

と諭すように言った。

「だからこそ、私が探索してるんじゃないですか」

十手をスッと差し出して、

「紋三親分の子分として、働いているつもりなんですけどね、私は」

「おいおい……お転婆も大概にしないと、生兵法《なまびょうほう》は大怪我《おおけが》の元ってな。嫁入り前の大事な体が傷ついちゃ親が泣くぞ」

紋三は苦笑混じりで言ったが、桃香は真剣なまなざしのままである。

もちろん、紋三は、目の前の桃香が、讃岐綾歌藩の〝若君〟として育てられた女であることを知っている。これまでの『天一坊事件《てんいちぼう》』などを通して分かったのだが、もちろん誰にも話していない。

仮にも大名の〝若君〟を下っ引扱いをすることに、紋三は心の中で抵抗を感じている。だが、桃香の気性を勘案して、ただの町娘として付き合っていた。

「ちょっと待て、桃香とやら……」

と伊藤はふたりの間に割り込むように、

「始末屋が関わってるってのは、本当か。どうして、そんなふうに思う」

「だって、見たって人がいるんですよ」

「見た……何をだい」

「渋川様が、それらしき人に殺されたってのをね、見たんだって」

「なんだと。それは、何処のどいつだい」

伊藤は身を乗り出して、責め立てるように訊いた。

「それはね……」

桃香は勿体《もったい》つけるようにシナを作って、新大橋に近い『法徳庵』って所に、居候してる善次という若者だと話した。伊藤はすぐに、どこぞの隠居婆さんが住んでいる庵だと、思い当たった。

「いいことを教えてくれたッ」

　立ち上がって腰の刀をグイッと押さえながら、伊藤は飛び出していった。

　紋三も『法徳庵』のことは知っているらしく、「うむ……」と喉を鳴らした。

　桃香は不思議そうに見やって、

「親分……何か……？」

「おまえさんが、由利の方……いや、お由利様を知ってるとはな」

「ええ。少し前に知り合いましてね。親分もよくご存じで？」

「そういう訳じゃないが、まあ、知らないでもねえ」

「曰くありげな言い草ですね」

「それより、今話してた善次って奴のことを聞かせてくれ」

「それがね、親分……」

　桃香は、善次が始末屋になりたくて、由利のもとに弟子入りしたことを話した。

　由利のことを始末屋だと思い込み、修業した上で、親の仇討ちをしたいと考えている、ということも伝えた。紋三には本当のことを伝えて、間違ったことをしないように、手を貸して貰いたかったのだ。

伊藤が『法徳庵』を訪ねれば、善次も諦めるかもしれないと思って、桃香はあえて報せたのであった。

「そういうことか……お由利様は違うがな、始末屋のような輩は、この江戸にいることは確かだ。おまえも下手に関わらない方がいいぜ。厄介なことに巻き込まれたら、おまえさんひとりの話では済むまい」

藩にも迷惑がかかるだろうと、紋三が言いたいのは、桃香も分かっている。だが、桃香は、まっすぐ紋三の目を見て、

「あの御方は誰なのです？　由利様です」

「え……」

「さっき、由利様の名を聞いたとき、紋三親分、珍しく顔色が変わったから」

「——気のせいだよ」

「私たちの間で隠し事はなくしてくれませんか。庵には、由利様の息子らしい侍も来ました。見るからに腕利きそうでしたし」

「息子……さあ、俺には分からねえな」

紋三は首を傾《かし》げたが、本当はすべてを知っていると、桃香は睨んだ。勘が鋭いというのも、岡っ引に必要な才覚だが、桃香は人一倍、感覚が研ぎ澄まされてい

た。

「お光さんは、奉公に出たまま、帰ってきてませんよね」

「え、ああ……それが、なんだ」

「もしかして、此度《こたび》の事件で、親分も何か危ういことがあるから、お光さんに累《るい》を及ぼさないように、大岡様のお屋敷に奉公させたままにしてるんじゃありませんか？」

「そんなことは関わりねえよ」

「せっかく、仲良しになれたのに、会えなくて残念です」

若い娘同士、気が合ったのかもしれぬが、お光も何かと探索に首を突っ込みたがる妹だから、紋三としては少し距離を置いて、丁度良いと思っていた。むろん、お光は桃香の素性は知らない。

「それは考えすぎだ。一旦、武家屋敷に奉公に上がれば、めったなことじゃ宿下がりはできないんだよ。それくらい、おまえの方がよく知ってるのでは……あ、すまねえ」

口に手を当てて、紋三はバツが悪そうに桃香から目を逸《そ》らした。

五

由利の庵である『法徳庵』を訪ねてきた伊藤は、折しも、師弟が喧嘩《けんか》をしている姿を目の当たりにした。

師弟というのは、もちろん由利と善次のことである。

「そうですかい。そこまで、おっしゃるのでしたら、俺はもう出ていきます」

「なら、そうしなさい」

「へえ。師匠になんざ教えて貰わなくても、この手でバシッとやってみせます。ひとりででも、見事に始末してみせます」

「こちらこそ、お断りです。私も随分と色々な人を見てきましたが、あなたのような頑固な分からず屋はおりません。そんな了見では、何事も成就しませんよ」

まるで引導を渡すような言い方の由利に、腹立たしげに善次も応じて、

「バカにするねえ。俺だって、やる時にはやるんでえッ」

と言ったとき、伊藤が声をかけた。

「何をやる時にはやるんだ」

振り返った善次はドキッと胸が鳴った。まさか、町方同心がいるとは思わないから、驚いたのだ。

「は、八丁堀《はっちょうぼり》の旦那……」

由利の方も少し驚いて、言い訳じみて、

「なにね。うちの庭木の剪定を任せてたんだけど、ちゃんとやらないから、叱りつけてただけですよ」

と誤魔化した。由利も伊藤の顔はまったく知らないわけではない。

「珍しいですねえ。たしか、伊藤様でしたよねえ」

「ああ……用事はそっちの若いのにある。おまえ、勘定吟味役の渋川左内様が殺されるところを見たそうだな」

「えっ。誰が、そんなことを……」

僅かに狼狽《ろうばい》して由利を見やる善次の表情を、伊藤は見逃さなかった。

「見たのかって訊いてるのだ」

「え、ええ……まあ……」

「だったら、なぜすぐに自身番に届けなかった」

「それは……なんというか……その時には、よく分からなかったからです。薄暗かったし、ただ芸者みたいな女が通りすがっただけだったから……」

「芸者みたいな女、なのか？」

伊藤の問いかけに、不味《まず》いことを漏らしたと善次は口ごもりしたが、由利の方が代わりに話した。

「――らしいんですよ……だから、私も一刻も早く報せた方がいいのではって、紋三親分にも相談してたんですがねえ」

「紋三に……」

妙だなという顔になった。たしかに紋三は名の通った岡っ引で、深川界隈を根城にしているが、由利との接点を感じることができなかったからである。

「とにかく伊藤様、一刻も早く下手人を挙げて下さいまし。どんな理由であれ、私は乱暴なやり方で、ましてや殺しまでして、事を片付けるのは嫌いです。渋川様とて、お役目で為《な》したことを批判され、却《かえ》ってお気の毒です」

由利の言うことはもっともだが、伊藤は違和感を抱いていた。

「――とにかく、善次とやら。もう少し詳しく話を聞かせて貰うぞ」

「へえ……」

仕方なく、善次は見たとおりのままを話したが、これといって決め手はなかった。始末屋という輩が殺したのであろうという推察の域を出ず、伊藤としては探索のしようもなかった。

　善次は、とっさに自分のことを庇った由利のことを、ますます怪しいと睨んだ。適当に伊藤をあしらってから、善次は今一度、由利に申し出た。

「本当は自分がまずいことになる。そう思って、俺のことを植木職人として扱ったんでしょ。ええ、分かってますよ」

「……」

「だから、お願いします。でねえと俺、本気で奴を殺して、俺も死ぬ」

　愚かなこととはいえ、決意を固めている善次に、もはや口で言っても仕方がないと由利も思った。

「そこまで言うなら、修業させてやりましょう。だけど、少しでも音を上げたら、こっちは秘密を話したんだ……おまえさんが殺されることになるよ。覚悟はいいですね」

　今まで見せたことのない鋭い目つきになって、由利が睨みつけると、善次の背筋に冷たいものが走った。般若《はんにゃ》の面のような形相に変わったのだ。

「ああ……わ、分かってるよ……」

善次は腹を括《くく》って頷いた。

真っ先に、連れて来られたのは、番町《ばんちょう》の一角にある渋川の屋敷だった。

勘定吟味役といえば、役高五百石で役料三百俵の旗本職である。勘定奉行はもとより、勘定所関係の一切の仕事に不正がないか目を光らせる役目ゆえ、屋敷も立派であった。しかし、当家の主人が亡き後は、妻子は実家に帰ることとなる。

幸い渋川の女房は、同じ番町内にある下級旗本であったから、さほど不自由はない。その屋敷に、由利は知り合いのふりをして、仏前に焼香したいと真っ向から申し出て、入ることができたのだ。

悲しみに打ちひしがれる肉親の姿を目の当たりにして、善次は同情した。実家には、老いた父母と渋川の妻、そして娘ふたりが、未《いま》だに死を受け入れられず、苦しんでいたからだ。

「よく見なさい。あれが私が殺した渋川の妻子たちです」

由利の囁《ささや》く声に、善次は身震いをした。

「夫を失い、この先の不安もありましょう……でも、そんなことは知ったことじゃない。夫が悪いことをしたのだから、残された妻子も苦しめばいいんです」

にべもなく言って、鼻で笑った由利は、丁寧に妻子たちに挨拶をして、屋敷を

後にした。すごすごと付いてきた善次は、少し不安な顔になって、

「師匠……は、よく平気で、自分が殺した相手の遺族の前で、素知らぬ顔で線香なんぞあげることができますねえ」

「なんです。もう音を上げるのですか」

「え……」

「これくらいのことで、情けを見せるようでは、始末屋なんぞ務まりません」

由利は毅然《きぜん》と言ってのけ、辞めるのなら今のうちだと伝えた。

「いや……前にも話したが、俺の二親は、『大黒屋《だいこくや》』という金貸しをしていたが、渋川の施策のせいで、借金を棒引きされ、心中せざるを得なかった……憎いのは渋川だけじゃねえ。そいつと結託して、美味《うま》い汁ばかり吸い続けてる親父と同業の『恵比寿屋《えびすや》』だ」

「あの日本橋で一、二と言われる……」

「そうだよ。『恵比寿屋』の主人、久兵衛《きゅうべえ》って奴は、渋川と繋がってて、いずれ〝借金棒引き〟の法ができると知ってたんだ」

「知ってた……」

「ああ。その上で色々な両替商や札差に、武家への借金の斡旋《あっせん》をし、自分はその

礼金で潤ってた。武家には米手形というカタがあるから大丈夫。万が一のときは、自分が補償するとまで言ってたんだ。なのに……」

多くの両替商や札差は大損してしまい、善次の父親も窮地に落とされたのだった。そのことで、善次は渋川同様に、『恵比寿屋』久兵衛を恨んでいたのだ。そこまで悪辣なことをしていたからには、他にも『恵比寿屋』を吊し上げたい者も多かろう。

「だから、俺が……あいつさえいなきゃ、世の中は明るくなるんだ。この俺が世の中を正してやるんだ」

若造らしい正義感と思い込みだが、

「そこまで言うのなら、情けは無用。地獄を見るまで付き合いなさい」

と由利は命じた。そして、強引に日本橋の『恵比寿屋』の金看板の前をとおり、すぐ近くにある路地の居酒屋に入った。

そこには、いかにも人相の悪い浪人者がひとりで、クダを巻いていた。混み合っているが、他の客たちは絡まれまいと離れた所に陣取って、酒や肴《さかな》に舌鼓を打っている。周辺は日本一の繁華な日本橋である。魚河岸《うおがし》もあるから、この店は美味いものが揃っていた。

「――狙いは、あの男ですよ」

店に入ってすぐ、由利は目配せをした。善次は不思議そうに見やって、

「何をやらかしたんです」

「あんたが恨みに思ってる『恵比寿屋』の用心棒ですよ……まともにやっても敵《かな》いっこない。そういうときは、これだよ」

由利は財布から小さな紙包みを出し、耳元に囁いた。

「毒だよ……これが一番、簡単な殺し方」

「！……」

「自分の手を汚さずに済むしね。後から、バレることも、まずない。私が気を逸らすから、その間に。さあ……」

と紙包みを善次に手渡して、軽く背中を押した。

浪人者の前に座った由利は、「相席で済みませんねえ」と声をかけてから、酒を注文して、まずは挨拶代わりと浪人者に注《つ》いだ。浪人者は人相の割りには、穏やかな気質らしく、

「ご馳走《ちそう》になって悪いな」

と杯を差し出した。それを何度か繰り返しているうちに、さらに銚子を頼み、

浪人者に見えないように、善次に薬を酒に混ぜさせた。素知らぬ顔をして、由利は注いだ。

「少しだけ相伴《しょうばん》させていただきますよ」

そう言いながら、由利は手酌で自分の杯にも注いで、ぐいっと仰いだ。

目の前で見ていた善次は、エッと驚いた。が、浪人者の方は、

「婆さん、なかなかのいい飲みっぷりだな」と言って、ぐいっと杯を空けた。

途端、ウッと声にならない悲鳴を上げた浪人者は、悶絶《もんぜつ》して泡を吹きながら、その場に崩れてしまった。同時に、由利も喉を押さえて苦しみながら、よろよろと表に出ていった。

驚いた善次は慌てて追いかけ、

「だ、だ、大丈夫ですか……し、師匠……」

と声をかけると、由利は掌で顔を隠しながらニンマリと笑いかけた。

「さあ。このまま逃げるよ」

スタコラ逃げ出す由利を、善次は追いかけるしかなかった。

六

深川の庵まで帰ってきたふたりは、誰かに尾《つ》けられたわけでもないのに、周辺を伺っていた。特に善次の方は、目の前で苦しんで倒れた浪人者の顔を思い出して、打ち震えていた。

「——き、気持ち悪い……」

嘔吐《おうと》しそうになる善次の背中を、由利は撫でながら、

「情けないねえ。けど、もう後戻りはできませんよ。あんたはもう、ひとりの人間を殺《あや》めたんですからね」

「こ、こんなことくらいで……へこたれてたまるかい」

「いいかい。さっきのはほんの小手調べ。『恵比寿屋』をやっつけなければ、恨みを晴らしたとは言えませんからねえ」

「へ、へえ……」

「けれど、失敗すれば、こっちの首が飛びます。確実に仕留めるには、敵の動きを克明に調べなければなりません。いいですね。『恵比寿屋』の日頃の行いを、

隅々まで探りなさい」

「仕留める機会を見つけるんだね」

「ええ。でも、私が命じるまでは、決して手を出してはいけませんよ。おまえさんのためですからね」

「ああ、獄門は御免だ」

「でしょうとも。私の言いつけを守ることができるかい？」

念を押すように由利が訊くと、善次はシッカリと頷いた。

両替商の『恵比寿屋』を張り込むことになった善次は、薬売りの格好をして、店の近くをうろつくことにした。もちろん、由利が命じたことである。背中には本物の漢方薬を入れてあるが、浪人者に飲ませた毒薬もあるのではないかと考えると、背中がぞっとした。

そんな善次の前に、サッと水が撒《ま》かれた。店先から『恵比寿屋』の手代がしたことだ。着物の裾が濡れたので、

「なに、しやがんでえッ」

と思わず、善次は悪態をついてしまった。

行商人らしくない怒声に驚いて、

「これは、相済みません……」

手代は恐縮し、手拭いで拭こうとして、「おや？」と顔を見上げた。軽く首を傾げ、

「何処かで会ったことのあるような……」

と声をかけたが、善次は顔を逸らしながら、

「──越中富山《えっちゅうとやま》の置き薬……は、いりませんかあ。ええ、越中富山の……」

誤魔化すように言った。

「うちは間に合ってるから、いらないよ」

手代は不審そうに振り返りながら、店に戻った。

すると、入れ替わるように、女髪結いが近づいてきた。姐《あね》さん被《かぶ》りの地味な格子柄の着物で、道具箱を手にしていた。

女髪結いは、〝女の髪を専門に結う〟男の廻り髪結いのことを指すこともあれば、女の髪結いのこともいう。だが、女の髪結いの場合は、ときに出先に向かう売春婦のこともあるため、世間からは少し疎んじられていた。

「お兄さん……薬売りのお兄さん……」

妖艶《ようえん》な声をかけられて、善次はドキンとなった。

「へ、へえ……」

「何を照れてるのさあ……近頃、あまり眠れなくってさあ……いい眠り薬ないかい？」

「眠り薬……俺……いや、あっしは越中富山の置き薬なんで、寝るための薬はありやせん。〝起き薬〟……なんてね」

「……」

「相済みません」

「どうでもいいけど、同じ所を何度も何度も廻ってたら、怪しまれて当たり前じゃない。少しは頭を使いなさいな」

「えっ……」

善次はまじまじと女髪結いを見つめると、それは桃香であった。

「あっ、あんたは……！」

「シッ。おまえさんが、間抜けなことをしないか、見張り番をしてるのですよ」

その一言で、善次はピンときた。桃香も由利の弟子であり、本気で『恵比寿屋』久兵衛を狙っていることを。桃香は真顔で、

「せっかく、そんな格好をしてるのだから、薬をもっと売り込みなさい。薬売り

は勝手口から御用を聞くもんです。お内儀を口説いて、せめて敷地内に入って、様子を窺わなきゃ、意味がないでしょうに」

「へ、へえ……」

「覚悟を決めた割りには情けないわねえ。そんなことじゃ、下手をして処刑されるのがオチですよ。お手本を見せましょう」

桃香は軽く善次を押しやって、店の中に入った。途端、優しい笑顔になって、

「髪結いに参りました。ご主人の久兵衛様はいらっしゃいますか?」

と誰にともなく声をかけた。

帳場にいた番頭が不愉快そうな目を向けており、追っ払えという仕草で手代に命じた。だが、桃香はズケズケと帳場の前に立ち、

「ご主人に頼まれてきたんですよ。そんな態度されたら、私、洗いざらい、話しちゃいますからね」

「何をです」

「そりゃ、旦那様とのあれやこれや。もちろん秘めた夜のことも……うふ」

他に客もいるので厄介だと思ったのであろう。番頭は仕方なく、土間から裏手に廻して、奥の座敷へ通した。

丁度、自分で茶を点《た》てていた主人の久兵衛に、番頭は耳打ちをして様子を窺った。久兵衛はでっぷりと肥えており、細い目は散々、悪さをしてきたようなえぐみがあった。

桃香は初めて見た顔だが、すぐに察して、

「これは旦那様。先だっては、色々とありがとうございました」

ニコリと妖艶な笑みを投げかけた。だが、まだ十八の娘である。端から見ても、初老の男が好む色気はなかった。

「誰だ。私の知らん顔だ。それに髪結いならば、大介《だいすけ》という者がよく来ておる」

「分かってるくせに、旦那様ったら、もう……根津《ねづ》の寮ではいつも、お世話になってるじゃないですか」

桃香は怯《ひる》むことなく微笑みかけて、

「それとも、店じゃ言ってはならないことでした？」

「たしかに根津に寮はあるが、あそこは茶会や句会を開くため、色々な人を集めるときに赴くだけで、私はほとんど、この店にいる。娘……私に何をさせたいのだ？」

肝が据わった声で、久兵衛は鋭い目つきで睨みつけた。さしもの桃香も一瞬、

痺《しび》れるような感覚が全身に走ったが、

「いいんですか。そんなことを言って……」

と曰くありげな表情で見つめ返した。鋏《はさみ》道具を置くと、

「旦那があまりに冷たくするから、他に女でもできたのかと勘繰ったんです。たまには、ゆっくり遊んで下さいましな」

何処で覚えたのか、桃香は蓮《はす》っ葉《ぱ》な態度になった。襟元を少しずらしながら、今度は冷ややかな目になって、

「でないと……根津の寮で聞いたあのこと、誰彼なく、洗いざらい喋《しゃべ》っちゃうかもしれませんことよ」

「——あのこと……？」

わずかに久兵衛の瞼《まぶた》が動いた。思い当たる節があると見抜いた桃香は、畳みかけるように声を強めた。

「勘定吟味役の渋川左内様のことですよ」

「なんだと……」

「お仲間が殺されちゃったんですものねえ。次は自分かと兢々《きょうきょう》として、枕を高くして眠れないんじゃありませんか？」

うふっと微笑んだ桃香を、相変わらず冷たい目で見ていた久兵衛は、

「何の話か知らないが、帰ってくれないか。でないと、町方役人を呼ぶよ。女髪結いなんだから、叩けば埃《ほこり》が出てくるだろう」

「おや。つれないですね……だったら、仕方がありません。私は私のやり方で……」

と意味深長な態度で立ち去ろうとすると、勝手口から転がるように、善次が入ってきた。背中の薬箱が崩れて、庭に薬袋が散乱した。善次は申し訳なさそうに、

「相済みません。越中富山の薬売りでございます。へえ……ええ、ご新造様がおいでならば、ぜひにお勧めしたいものが……」

必死に薬袋を拾い集めながら売り込もうとした。

その瞬間、久兵衛の目がほんの一瞬だけ、光った。なぜか凝視している。

微《かす》かな異変を感じた桃香は、薬袋を拾っている善次の腕を取り、

「何をやってもグズだねえ……ごめんなさいまし」

と愛想笑いを久兵衛に投げかけてから、そそくさと外に出ていった。

番頭は腹立たしげに縁側から降りながら、

「まったく、何を考えてるのですかね。近頃の若い者は……」

と内側からシッカリと心張り棒を立てた。

だが、久兵衛はふたりが出て行った勝手口の扉をじっと見ながら、

「——番頭さんや……今のふたりは、どうも怪しい……何処の誰か、用心棒の旦那方に話して、調べて貰いなさい」

「あ、はい。早速……やはり、渋川様のことと関わりあるのでしょうか」

「余計な詮索はいいから、急ぎなさい」

久兵衛は苛立《いらだ》った声で命じた。

七

その夜——隅田川《すみだがわ》の下流、永代橋の下をくぐる一艘《そう》の屋形船があった。

川面にも、中秋の名月がくっきりと浮かんでいたが、水遊びをする時節ではない。屋形船を使うとすれば、訳ありの男女が人目を忍んで逢い引きをするか、よからぬ相談をする武家と商人くらいであろう。

案の定、この小振りの船内には、ずっと御高祖頭巾《おこそずきん》をしたままの身分の高そうな侍と、『恵比寿屋』久兵衛がいた。傍《かたわ》らには薄暗い行灯《あんどん》があって、久兵衛の馴《な》

染《じ》みの芸者と半玉《はんぎょく》がいるだけである。

侍はチラリと芸者たちを見た。目だけがぎょろりと動いたのだ。久兵衛は頭を下げて、申し訳なさそうに、

「済みませんな。かような、不細工な女たちだけで」

と言った。

「でも、この芸者は、芳乃《よしの》といって、私の何もかもを知ってる者でしてな。後ろの半玉も初顔ですが、芳乃に負けず劣らず……はは、おかめ女は情け深く、決して裏切りませぬからな。かような所でも安心できます」

「さようか……」

「窮屈でしたら、頭巾をお取りになってもよろしゅうございますよ。ええ、芳乃は決して他言致しませぬゆえ」

久兵衛が勧めるままに、侍は頭巾を取ると、ギラリと輝く瞳で、今一度、芸者たちを睨みつけた。貫禄ある体つきだが、四十半ばであろうか、面立ちも風格があった。盃を差し出すと、芳乃はすぐさま袖を手繰りながら銚子を差し出した。

「――して、久兵衛……火急の話とは何だ」

侍の野太い声に、ほんの一瞬、半玉がギクリと首を竦《すく》めた。白粉《おしろい》で真っ白な顔

に、丸く頰紅を塗り、目尻が垂れているせいか、狸《たぬき》のような面構えに見える。

「はい……実は、昼間、妙な薬売りや女髪結いが店に来ましたので、うちの用心棒に探らせたところ、ふたりとも向島《むこうじま》のうらぶれた庵に行きました」

「庵……」

「そこは、由利とかいう……これまた得体の知れぬ武家女の侘び住まいで、近在の女たちに茶道や華道を教授してるとか」

久兵衛も芸者から盃を受けながら続けて、

「ところが、女髪結いの方はしばらくして出てきて、そこからはさほど遠くない、本所菊川町《きくかわちょう》のある武家屋敷に入っていきました。勝手口からですが、どうも妙な塩梅《あんばい》で……」

「どこの武家屋敷だ」

「讃岐綾歌藩のお屋敷でございます」

「綾歌藩……」

口の中で繰り返した侍は、眉を顰めて、

「取るに足らぬ小藩だが、代々、藩主は若年寄の職についておった。しかも、上様のご親戚にあたるからな」

「親藩でございますか」

「だが、当主は国元で病に臥《ふ》しておるようだが、若君はまだ十七、八のはず。大した噂は聞いておらぬが、人前に出るのを億劫がる性分らしくてな。江戸家老の城之内も困ったものだと、ぼやいておった」

「ご存じなのですか？」

「何処の藩でも、江戸家老は公儀役人には何かと取り入ろうと、日参しておるわい。江戸家老や留守居役が集まる所にも、あちこちに呼ばれて、儂《わし》も難儀しておるのだ」

「そりゃ、堀井《ほりい》様は勘定奉行でございますから、お呼びがかかりましょう」

「おい、こら」

堀井と呼ばれた侍は、身分や名を言うのは慎めとばかりに、睨みつけた。久兵衛は頭を下げたものの、さほど真剣に謝った様子ではなかった。立場は堀井の方が上だが、

——儲《もう》けさせているのは、私の方だ。

とでも言いたげな態度である。いや、そこまで露骨ではないが、お互い持ちつ持たれつの関係であることは、傍目《はため》からも充分、察することができた。

「儂が気がかりなのは、綾歌藩と関わりある者が動いている……ということだ」

「やはり、上様と繋がりがあるから……」

「それもあるが、若君の桃太郎のことがな、どうも……」

「でも、屋敷にこもって、家老も困ってる程度の手合いでございましょう？」

「だがな……ここだけの話だが、桃太郎君には公儀の密偵が警護している節がある」

「警護……」

「ああ。たとえば、犬山勘兵衛《いぬやまかんべえ》という、大岡越前の元内与力が見張っておるようだ。つまり、公儀が守るほどの人物ということだ」

「そ、そうなのですか……？」

「うむ。しかも、綾歌藩が、公儀目付の役を引き受けているのではないかという噂もある。あくまでも噂だがな……」

　短い溜息をついた堀井に、信じられないとばかりに、久兵衛は首を振ったが、女髪結いがその屋敷に入ったのは事実だ。綾歌藩が放った密偵だと勘繰るのも当然だった。

「ということは……御前は、綾歌藩が、私たちのことを密かに探ってる、とでも？」

「もしかしたら、渋川のことも気づいたのかもしれぬな」

「――かもしれませんね……」

ふたりは顔を見合わせたまま、黙りこくってしまった。

ただ船底を叩くような波の音がしていた。少し開けた障子窓からは、潮風とともに月の光が射し込んでくる。

「御前……今、思い出したのですが、越中富山の薬売り……何処かで見た顔だと思ったら、あの夫婦の息子です」

「あの夫婦……？」

「ええ。『大黒屋』という同業者で……といっても、うちの下請けのようなもので……此度の〝借金棒引き令〟で店が潰れ、夫婦で心中をしたんですが……あの男はその息子なのです」

「そやつが、なんだ」

「私のことを探っていたということは、親の仇討ちでもしたがってるのですかな」

「ならば、返り討ちにすればよい。渋川を消したようにな」

「はい。そうしますとも、ええ、必ず……ですから、御前は此度の〝借金棒引き法〟を適当な頃合いに止めるよう、取り計らって下さいまし。あくまでも、私が儲かるための一時凌《しの》ぎの御定法なのですからね」

「分かっておる」

「でないと、新たな金貸しの仕事ができませぬから」

久兵衛がほくそ笑みながら、ズッシリと小判が詰まった菓子箱を、堀井に渡した。

そんな様子を傍らで見ている芳乃と半玉に、久兵衛は小判を二、三枚、放り投げた。すぐにぜんぶ拾った芳乃は懐《ふところ》に入れ、

「何にも見ても聞いてもおりません」

と微笑み返した。

その夜、遅く——。

ドンドンと紋三の家の表戸が叩かれた。

もう寝間着に着替えていたが、「すわッ事件か」とばかりに、潜り戸を開けると、そこには半玉がいた。

「誰でえ……芸者なんぞ、呼んだ覚えはねえが」

「私ですよ、親分。桃香です」

「なんだ？」

「とにかく中に……」

無理矢理、押し入ってくる半玉を凝視してみたが、桃香とは似ても似つかぬ〝おかめ〟である。紋三は男盛りだし、お光が不在なのに、真夜中に若い娘を連れ込んだりすれば、よからぬ噂が立つかもしれぬ。

強引に追い出そうとしたとき、路地の向こうから、伊藤がぶらりとやってきた。押し出された半玉を見るなり、

「おやおや。紋三親分も、やはり男だったってことか」

と、いやらしい言い草で声をかけた。

「そうじゃねえ……面倒だ。今日は俺の所に泊まってくがいいぜ」

今度は、紋三の方から、桃香を家の中に引きずり込んだ。話がややこしくなると思ったからだ。すぐに潜り戸を閉めると、表から嫌味な声が聞こえた。

「吃驚《びっくり》したぜ、紋三親分。選《よ》りに選《よ》って……蓼《たで》食う虫も好きずきってえが、おまえさんがそうだったとは、ハハ。どうぞ、ごゆっくりときたもんだ」

通り過ぎて行ったようだが、気にしているのは桃香の方だった。

「伊藤様のことだから、きっとあちこちで言い触らしますね。ごめんなさい……」

「いいってことよ。旦那に聞かれたくない話じゃねえのかい？」

こくり頷いた桃香は、流し場で白塗りなどを落としてから、サッパリした顔で振り返った。化粧気などなくても、艶と張りのある綺麗な顔をしている。

「実は、私……屋形船で、大変なことを見ちゃったんです」

桃香は、『恵比寿屋』に探りを入れて、その後、久兵衛と堀井という勘定奉行が密会し、色々な話をしていたことを伝えた。

「店と屋形船と続けて……よく変装がバレなかったものだな」

妙に感心する紋三に、得意げな笑顔を返した桃香は、賄賂《まいない》の小判もたんまり渡していたことも話し、ふたりが渋川殺しに関わっているであろうことにも言及した。

「堀井とは……堀井主計頭《かずえのかみ》様のことだな」

「さすが、親分。よくご存じで」

「大岡様とは何かとぶつかる犬猿の仲だが、なかなかの切れ者との評判だ。その堀井様と久兵衛に深い繋がりがあるってことは、やはり裏にカラクリがあるな」

「はい。私は、これまでの探索から、こう睨んでます」

「うむ。言ってみな」

「『恵比寿屋』は、善次の親の『大黒屋』のような下請けを、沢山抱えてます」

善次のことも説明をしてから、桃香は真剣なまなざしで続けた。

「その下請けから預かった金を、自分の関わりのある武家に貸し付けていたのが、『恵比寿屋』久兵衛なんですね。でも、貸していたのは集めた金の三分の二くらい。後は、自分が懐にしていたんです」

「ん？　だが、借用書があろう」

「ええ。百両なら百両と額面に書いてます。けれど、実際に貸したのは、六十両か七十両……それで、〝借金棒引き令〟を作ることで、お武家は返済をしなくてよくなる。仲介をした『恵比寿屋』だけがボロ儲けという寸法です。そこから、御定法を作った勘定奉行や発案した勘定吟味役に賄賂を渡していた」

「つまりは、金貸しから、金を吸い上げるために、都合の良い法を作ったってことか」

さもありなんと紋三も考えてはいたが、御定法の善し悪しを突き詰めるのは、岡っ引の仕事ではない。むろん、大岡越前に伝えて、事の真相究明と善処を求めるつもりだが、渋川殺しの下手人を挙げることが、事の本質にも迫れるであろう。紋三はそう思っている。

「その渋川様を殺したのは……世に言う始末屋なんかではなくて、どうやら久兵衛の手の者のようですよ」

「なんだと？」

「ハッキリとではありませんが、ふたりはそんなふうに話してました。悪事には加担したのかもしれないけれど、きっと邪魔になったんじゃないかしら」

「なるほど。後は俺が何とかするから、お姫様はそろそろお屋敷で過ごされた方がよろしいのでは、ありませんかな？」

からかうように言う紋三に、フンと鼻を鳴らして、

「親分にも、藩邸にも、誰にも迷惑はおかけいたしませんから、あしからず」

とまた曰くありげに笑って、月夜の道へ飛び出していくのであった。

八

久兵衛は誰かに尾けられているような気がして、ハタと歩みを止めた。根津大権現の参道近くである。

ふと女髪結いのことを思い出した。寮での出来事をまるで知ってるかのように話していたが、久兵衛にはまったく見覚えがない。何か鎌を掛けてきたに違いなかった。しかも、公儀目付の疑いのある女だ。気が気でならなかった。

だが、久兵衛は落ち着いている。用心棒の浪人をふたりも連れているからだ。

「大丈夫ですか、旦那」

大柄で強面《こわもて》の用心棒の方が声をかける、振り返りながら、久兵衛は答えた。

「しつこい奴だ。私を殺したところで、何になるというのだ」

「決して手を出させませぬ」

「……寮にある裏帳簿はすべて焼いて、証拠という証拠はすべて消しておかねばな」

久兵衛が目を細めたとき、突然、近くでバチバチバチと爆竹が弾ける音がした。

用心棒のひとりが久兵衛を庇い、強面の方は音がする方へ駆け出した。

その隙に、背後から忍び寄った善次が、刃物で突きかかった。

だが、その寸前、濡れた石畳に滑って転び、刃物も何処かへ吹っ飛んでしまった。

「うわッ――」

尻餅《しりもち》をついた善次を見た用心棒は、素早く抜刀して切っ先を突き付け、

「間抜けな奴よのう。死ねッ」

と斬ろうとしたが、久兵衛が止めた。

「待て……おまえは、越中富山の薬売り……いや『大黒屋』の倅《せがれ》。そうだな」

「え、ええ……はい……そうです、へえ」

おろおろと善次は必死に謝ったが、用心棒に襟を掴まれ、まるで猫のように大人しくなった。もうひとりの強面は、紐で繋がれた爆竹の燃え滓《かす》を持ってきて、

「気を逸らした隙にやろうとしたのだろうが、あまりにもチャチい仕掛けよのう」

「申し訳ありません……あ、いや。違うんです……違うんです」

自分でも何を言ってるのか分からないほど狼狽している善次を、用心棒たちは

『恵比寿屋』の寮に連れて行った。

打ち震える善次の前に、久兵衛は座ってギロリと睨みつけ、

「誰に頼まれた」

「え……いえ、誰にも……」

「店の方には、女髪結いも来たが……あれは何者なんだ。何を探っておった」

「し、知りません……」

「おまえは、どう見ても、一端の始末屋にも目付にも見えぬ。あの女は誰だ。答えろ。庇い立てするなら、おまえはこの場で……」

「ま、待って下さい。本当によく知らないです。向島の『法徳庵』という庵に住んでいる、由利というお婆さんの所で会った人で……それ以上のことは知りません。ほんとです」

「その由利というのは何者じゃ」

「え、それは……」

「言え」

用心棒に切っ先を首にヒタとあてがわれた。ひんやり冷たくて、緊張が走った。

「――は、はい……渋川左内様を殺した……始末人です」

「なに、渋川様を……？」

キョトンとなった久兵衛だが、すぐに小馬鹿にしたように噴き出し、用心棒たちと顔を見合わせて大笑いした。

「ほ、本当だ……だから、俺は……あんたを狙って欲しいと頼んだんだ……で、用心棒をひとり、毒で殺した」

「用心棒……うちには、このふたりしかおらぬがな」

凝視していた久兵衛はニンマリと笑って、

「それが本当ならば、おまえは人違いで殺したのではないのか？」

「えっ、そんな……！」

さらに狼狽する善次を、用心棒は摑まえて当て身を加えた。一瞬にして気を失った善次は、猿轡《さるぐつわ》を嚙まされて縛られ、物のように座敷に転がされた。

久兵衛に命じられ、向島の『法徳庵』に用心棒たちが来たのは、その日の夕暮れであった。

隅田川からの風が冷たく、厚手の羽織か丹前が欲しいくらいであった。

昨夜と違って、雲が厚く、月が出ていなかった。

障子戸が閉まっている庵の中——。

奥座敷に行灯をともした由利は、気配で振り返ると、庭に人影が立つのを見た。目を凝らすまでもなく、灯りに浮かんだのは、無粋な雰囲気の久兵衛の用心棒ふたりだった。

「何処から入りなすった」

由利が声をかけると、用心棒はその場に立ったまま、

「何者だ……何故、『恵比寿屋』を探っておる」

「はて。何のことでしょう」

「惚けても無駄だ。善次とやらが吐いた。正直に言えば、命まで取らぬ」

善次の名を聞いて、由利は驚いて目を見開いた。

「――あなた方こそ誰です。一体、善次に何をしたのです」

「もうひとり、若い娘がおろう。おまえたちの素性は誰だ。公儀隠密か」

強面の用心棒が迫ったが、堂々と座したまま睨み返した由利は、イザとなれば戦うとばかりに胸元の懐刀に手を当てた。

「名乗りもせず、公儀隠密を怖《おそ》れているとは、どうせろくでもない輩でしょう」

「言わせておけば……」

「斬りますか」

「やむを得ぬ。恨みはないが悪く思うな」

おもむろに抜刀した強面の浪人は、わざとらしく南無阿弥陀仏《なむあみだぶつ》と唱えてから、刀を振り上げた。その腕に――ガツンと胡桃《くるみ》がぶつかった。アッと振り向くと、裏手の茶室から、ひとりの侍が出てきた。

徳田新之助である。

茫洋《ぼうよう》とした風貌だが、まったく隙のない歩みで近づいてくる。

思わず、もうひとりの用心棒も抜刀し、ふたりで頷き合って斬りかかったが、新之助はかるくいなし、居合いのように刀を走らせて、ほとんど同時にふたりを斬った。いや、峰打ちで当てただけだが、一瞬にして、気絶していた。

「――これは新之助……おまえ様がいてくれて助かりました」

何事もなかったかのように、由利は微笑みかけると、新之助は呆れ顔で、

「ですから、いつも言っておるでしょう。年寄りの女ひとりでは物騒ですから、家臣の者を常駐させると。私も暇ではないのでね」

「おや、小普請組なのにですか？」

「母上、ふざけないで下さい。私は真面目に言っておるのですぞ」

「分かってます。年寄りの女、だなんて言うから、ちょっと腹が立ったのです」

負けじと由利は睨んでから、地面に倒れ臥している用心棒たちを見て、

「この者たちは、両替商『恵比寿屋』の用心棒のようですね。渋川左内殿の一件で、御公儀も探りを入れてたのですから、あなたも承知してるでしょう」

「ええ、まあ……」

「私に曖昧《あいまい》な返事はいりませんよ。しっかりとお調べになったら如何《いかが》ですか。いえ、あなたが、ここに来ていたのも、探索の一環ではありませぬか？」

「——母上には敵いませぬな」

図星を指されたとばかりに、新之助は頭を掻いたが、由利は至って真顔で、

「そのご身分で、町場をうろつくのは如何と存じます。もう少し、自分のお立場をお考え下さい。私への心配は無用です」

と母親らしく窘《たしな》めてから、自分がこれまで密かに調べていた『恵比寿屋』について話した。桃香が探索して、由利に報せていたことでもある。

勘定奉行の堀井主計頭と『恵比寿屋』久兵衛が結託して、不正に儲けていたことを新之助に伝えた。そして、

「あなたの力で、何とかして下さい」

と由利は強く訴えた。

そこへ――いつもの町娘姿の桃香が現れた。

行方が分からなくなった善次のことを心配してのことだった。が、新之助の姿を見て、ドキッと胸に手を当てた。どこか恥じらっているようにも見える。

「あの……」

一瞬のうちに頰を赤らめた桃香は、緊張したように声を呑み込んだ。

新之助は軽く頭を下げて、由利のひとり息子で、小普請組の旗本だと名乗った。どう見ても、父親くらいの年配だが、体は壮健で逞《たくま》しそうで、いかにも包容力のありそうな雰囲気に、桃香はなぜかときめいたのだ。

「ええと、あの……何処かで、お会いしたような……」

桃香はそう言ったが、これは男女がお互いに近づくときの常套句《じょうとうく》である。新之助は困ったような笑みを浮かべると、由利が横合いから口を挟んだ。

「四十をとうに過ぎているのに、まだ嫁も貰わず、ふらふらしてるのです。困ったものですよ、まったくねえ」

「えっ。そうなのですか！　お独身《ひとりみ》なのですか！」

となぜか嬉しそうに、桃香は目を輝かせた。

だが、すぐに目を伏せた。自分は、小藩とはいえ、表向きは若君である。その事態が変わらぬ限り、殿方を好きになったところで、その恋が叶うことはないのだ。

「如何なさったかな？」

新之助が声をかけると、桃香は寂しそうな表情になって、

「いえ、何でもありません……ただ、何処かでお目にかかったかなって……もしかしたら、前世でかもしれませんね。あは」

と誤魔化すように笑った。その目が地面に吸い寄せられた。なんと、そこには用心棒が倒れているではないか。

「これは、もしかして『恵比寿屋』の……ええ、見たことがある顔です」

桃香が驚いた顔になると、新之助は苦笑して、

「誰にでも、そう言うのですな」

「そういう意味とは違います……でも、どうして、こんな所に……」

不思議そうに見やる桃香に、由利がきちんと答えた。

「私を殺しに来たので、この新之助が倒したのです。一撃でね」

「一撃で……！」

「ええ。出世とは縁がありませんが、腕っ節だけは強いのです。ねえ、新之助」

大きな体をくねらせながら、母親の前では形なしとばかりに、新之助はまた笑った。

そんなふたりを、桃香は不思議そうに眺めていた。

九

南町奉行所が俄に慌ただしくなったのは、その翌日の昼下がりのことだった。

前夜半からパラつき始めた雨が、まだ降り続いており、秋雨にしては肌に吸い付くほどベタついていた。お白洲《しらす》もずっと濡れ続けているので、急遽《きゅうきょ》、屋内の詮議所にて、取り調べられることとなった。

町人溜《ちょうにんだ》まりから呼ばれたのは、両替商『恵比寿屋』の主人・久兵衛である。ふて腐れた顔で、お白洲に座らされた久兵衛は、登壇した大岡を見上げて、

「畏《おそ》れながら、なぜ私がこんな所に……」

と言いかけたが、蹲《つくば》い同心に「控えろ」ときつく窘められた。

「吟味方与力の調べによると、『恵比寿屋』久兵衛……おまえは勘定吟味役の渋川左内を殺したとあるが、身に覚えはあるか」

大岡が尋ねると、久兵衛は大袈裟《おおげさ》に首を振って、

「とんでもございません。まったく関わりのないことでございます」

「誰かに殺せと命じたこともないか」

「ありません。なんで、私が……そもそも渋川様には会ったこともございませぬ」

「訊かれたことにだけ答えよ」

きつく大岡に言われて、苛ついて口元を歪めた久兵衛だが、渋々と頷いた。

「証人がおる。これへ……」

目顔で蹲い同心に命じると、伊藤に連れて来られたのは、善次と桃香であった。

善次はすっかり両肩が落ちて、不安そうな顔であったが、桃香の方は妙に清々しい態度だった。

「両替商『大黒屋』が一子《いっし》、善次と呉服問屋『雉屋』福兵衛の姪、桃香であるな」

大岡の問いかけに、ふたりは「そうです」と返事をした。目の前の久兵衛と面識があるかと問われると、これにも善次と桃香は正直に頷いた。

「では尋ねる。善次とやら、おまえは渋川左内殿が、芸者風の女に喉を切られた

ところを見た……とあるが、さよう相違ないか」

「――はい」

「その女の顔を見れば、分かるか？」

「はい……あ、いえ……それは、ちょっと……自信がありません」

善次は伏し目がちに言った。

「おまえは、『恵比寿屋』の寮に囚《とら》われておったところ、本所方同心の伊藤洋三郎に助けられたらしいが、何故、そこにおった」

「はい。それは……」

言い淀んだ善次を横目に見て、久兵衛が思わず声を出した。

「こいつは私を殺そうとしたんです。自分の親が死んだのは私のせいだとか言って、刃物で突きかかってきたのです。だから……」

用心棒が捕らえたまでのことだと、自分の正当性を訴えた。

「仇討ちをしたかったのか、善次」

大岡が直截《ちょくせつ》に訊くと、善次も素直に頷いた。すると、久兵衛はまた懸命に、

「逆恨みです。善次の親が心中したことなんぞ、私には関わりありません。どうか、お奉行様。よくお調べ下さいまし」

「うむ。よく調べた結果、善次の二親は心中なんぞしておらぬ……殺されたのだ」

断言した大岡の顔を、久兵衛と善次は同時に見上げた。

「ゆえに、逆恨みではない。だが、善次。言うておくが、町人の仇討ちは御法度《ごはっと》だ。罪刑は、お上に任せるがよい」

「こ、殺された……!?」

衝撃を隠しきれない善次に、大岡は大きく頷いて、

「こやつにな」

と扇子の先で、久兵衛を指した。

「……ど、どういうことですか、お奉行様」

と腰を上げそうになったのは、久兵衛の方である。

「殺されたなどと……一体、誰が……」

「気になるか?」

「え、ええ……そりゃ、私と同業でございますから」

「下手人はおまえだ、久兵衛」

「何をバカな」

「そうであろう、桃香とやら。証言いたせ」

大岡に促されて、桃香は毅然とした目つきになって、横の久兵衛を睨んだ。

「善次さんが見た芸者風というのは、『恵比寿屋』がお気に入りの芳乃という、本物の芸者です。が……金で殺しを請け負う始末屋でもあります」

「いい加減なことを……誰だ、おまえは」

久兵衛は声を荒らげたが、大岡がまた制し、桃香に話を続けるよう命じた。

「先日、屋形船で密談していたのを、私はこの目で見ました。そこには、久兵衛さんと勘定奉行の堀井主計頭様がおられ、芳乃も同席しておりました。話しぶりから、堀井様と久兵衛さんは、渋川様が考えた〝借金棒引き令〟を利用して、上手くボロ儲けしたということでした」

「出鱈目を言うな！」

さらに大声を上げる久兵衛に、大岡は強い口調で、

「それ以上、お白洲を侮辱すると、そのことだけで、おまえを小伝馬町牢屋敷《こでんまちょうろうやしき》に送ることになるぞ」

「……」

「続けよ、桃香」

「はい……私はその場におりました……覚えておりませぬか、久兵衛さん。おかめの半玉ですよ……」

「えっ……！」

「それだけではありません。女髪結いとして、お店にも参りました」

久兵衛は言葉を失った。

「私は予《かね》てより、渋川様を殺したのは、あなたではないかと睨んでました。なぜなら……他の両替商が潰れていく中で、『恵比寿屋』だけが安泰だったからです」

桃香はギラリとした目で久兵衛を睨んでから、大岡を見上げた。

「ですから、『恵比寿屋』を調べていて、芸者の芳乃にも行き当たったのです。半玉にして貰うのには、少々、難儀でしたが、讃岐綾歌藩の若君が、話をつけてくれました。私を半玉に雇ったら、毎日、藩邸でドンチャン騒ぎをしてやるとね」

「お、大岡様。かような素性の知れない町娘の話など、信じてよいのですか」

訴える目つきになった久兵衛を、じっと見下ろした大岡は、静かに言った。

「桃香は、門前仲町の紋三にゆかりのある娘だ。紋三は、私が直々に御用札を預けておる。その名くらいは聞いたことがあろう」

「も……〝もんなか紋三〟の……」

自分は紋三に目を付けられていたのかと、久兵衛は愕然《がくぜん》となった。もちろん、紋三は江戸中の〝十八人衆〟と呼ばれる岡っ引親分衆の元締めであることは知っている。

——紋三が狙いを定めたからには、絶対に逃れられない。

と極悪非道な輩も諦めるほどだ。

久兵衛は体が崩れそうになったが、必死に持ちこたえて、

「お、大岡様……私は言われるままに動いただけです……勘定奉行の堀井様に命じられ、仕方なく金を用立て、それを返さなくても良い方法を、渋川様と考えたのです」

「何故、渋川殿を殺した……」

「〝借金棒引き令〟は、傾いた幕府財政を建て直すために、両替商や札差らに、ひいては庶民に負担をかけるものだ。なのに、それを自分たちだけの金儲けに利用したのは許せない。直ちに評定所に訴え出る……と言い出したからです」

「正しい考えではないか。それを、おまえたちは握り潰したのだな」

「ですから、私はただ……堀井様に従っただけで……」

必死に言い逃れをしていると、壇上に堀井が現れた。憤然とした顔で、立ったまま久兵衛を睨みつけて、

「さてもさても、次々と出鱈目を言う奴よのう。久兵衛とやら、儂はおまえなんぞ知らぬし、会ったこともない。桃香とやらもじゃ。屋形船で見たのは、この面ではなかろう。篤《とく》と申してみよ」

と野太い声を発した。

大岡は自分のお白洲であるが、黙って見ていた。そして、桃香に領くと、

「はい。たしかに、あなた様でございます」

キッパリと断じた。だが、堀井はよほど関わりがないと惚ける自信があるのか、

「知らぬ。屋形船など乗ったこともない。このような顔は何処にでもあるゆえ、他の誰かと見間違えたのではないか？」

と白々と言い張った。

すると、久兵衛は底意地悪そうな目に戻って、嫌味な口調で、

「――ほ、堀井様……そこまで、おっしゃられると、私も洗いざらい話すことになりますよ。あなたの命令で、裏帳簿はすべて燃やしてしまおう……と思いましたが、万が一のことを考えて、実はまだ残しております」

「出鱈目な証拠など、幾らでも作れるではないか。私を何故、陥れたいのだ？」

言い返す堀井に、「しばらく」と声をかけた大岡は、傍らに座らせた。憤懣やるかたない顔で、渋々、堀井は座った。

三奉行の中でも、財務を扱う勘定奉行は三千石以上の旗本から選ばれ、大名の名誉職の寺社奉行よりも実質的な権力がある。ましてや、江戸町人を扱う町奉行は最も格下といえる。しかも、評定所では何かと対立していた大岡とは、どうも気が合わなかった。

「さてもさても……かような茶番めいたお白洲では、上様もお叱りになられよう。名奉行の大岡裁きを見せて貰いたいものだ」

皮肉を漏らした堀井に、大岡は静かに、

「そろそろお開きにしたいものですな……では、あの者をこれへ」

と蹲い同心に命じた。

すぐに連れて来られたのは——由利であった。

気品のある楚々《そそ》とした姿で、落ち着いた様子にて、桃香の隣に座るなり、

「この桃香と善次は、私の密偵として働いている者でございまして、桃香においては門前仲町の紋三親分から十手を預かる、いわば女岡っ引でございます」

と唐突に話し始めた。

その文言に、桃香と善次の方が驚いたが、大岡が続けるよう勧めたので、由利は背筋をスッと伸ばし、

「『恵比寿屋』久兵衛が言うとおりで、堀井様は惚けているだけでございます。紋三親分の手の者が、すでに裏帳簿なるものを『恵比寿屋』の寮から押収し、善次の二親を心中に見せかけて殺した用心棒たちも捕縛し、桃香が追い詰めた芳乃もすでに、紋三親分が捕らえております……すべては、そこにおいでになる堀井様の指示でありますから、渋川様や久兵衛を蜥蜴《とかげ》の尻尾切りにしては、なりますまい」

と堂々と証言した。

「──何を言い出すのだ、婆あ……儂を誰だと思うておるのだ」

「勘定奉行・堀井主計頭様でございます。あなたのような高い身分の御方が、仁政を忘れてしまっては如何なものでしょう」

「世迷い事を申すな。控えろ！」

怒声を浴びせた堀井に、おもむろに大岡は言った。

「堀井殿……そこにいるのは、向島の庵に侘び住まいをしている由利なる女だが

……篤と顔を見られるがよい」

「なに……？」

言われるままに凝視していた堀井が、突然、アッと声をあげた。大岡はすぐさま、堀井に向かって言った。

「つまりは、あの御仁もすべて、ご存じということだ」

「！……」

「殺しに関しては、この大岡が裁くが、〝借金棒引き法〟にまつわる一連の事件については、後で評定所にて裁決が下されよう」

「……」

「上様が上覧されるかどうかは分からぬが、老中や若年寄たちは立ち会うことになっておる。お覚悟めされい」

顰め面になって、両肩をぶるぶると振るわせていた堀井だが、

「──おのれ、大岡……」

と呟くなり、脇差しに手をかけた。が、誰より早く駆け寄り、堀井の腕を押さえて投げ飛ばしたのは、桃香だった。

「お見事！」

思わず由利は声を上げると、大岡も驚いて見やっていたが、蹲い同心たちが堀井をねじ伏せて連れ去った。

　このお白洲を境に——

　桃香は以前より頻繁に、由利の庵に通うようになった。

勘定奉行がその顔を見て驚いたのだ。ただの老女ではあるまいと、桃香は思っていたが、
　由利の方も、桃香のことを、何者かと疑念を抱きつつも、『雉屋』のご隠居の姪っ子だと思っていた。

「あれから善次さんは、どうなりました?」

　案じる由利に、桃香は答えた。

「不正のあったお金は、両替商に戻されたので、ご両親の『大黒屋』を盛り返すために、ひとりで頑張るそうですよ」

「それは、ようございましたね」

「はい」

　にっこり微笑み合ったとき、紋三がふらりと入ってきた。手には門前仲町『観月堂』の最中《もなか》を、どっさり手にしている。紋三が大好物の菓子である。

「おや、桃香も来てたのかい」

紋三が親しみを込めて声をかけると、桃香はすぐに最中に手を出した。

「これ、はしたないですねえ……手くらい洗いなさい」

窘めて、桃香を手水場《ちょうずば》に追いやった由利が小声で訊いた。

「――紋三親分……あの娘は一体、本当は誰なんです？　だってね、お白洲で、エイヤッて堀井を投げ飛ばしたんですよ」

「ええ、お奉行からも聞いておりやす。大層、吃驚したそうで」

「ねえ、誰なのです」

「実はあっしもよくは……かなりのお転婆なので、『雉屋』のご隠居も困ってるみたいで。なので、あっしが見張り番でして」

と紋三は素性を明かさなかった。

由利は疑わしい目をしたまま、茶を煎《い》れに立ち去った。今度は、入れ替わりに戻って来た桃香が、紋三に尋ねた。

「由利さんて、本当は何者なの？　だって、あの堀井様が恐縮して、狼狽したんですよ……大岡様もご存じだからこそ、あの場に呼んだと思うんだけど」

興味津々に桃香は目を輝かせたが、紋三は首を捻って、

「お旗本のお母様だよ」

「新之助様ですね。一度、私も会ったことがあります。とても、素敵な方でしたわ」

「そうなのかい？　――とにかく、俺も世話になった御方なので、時々、様子を見に俺に訪ねてきてるんだ。それより、若君……こんなところで油を売ってたら、また……」

「やめて下さいって言ってるでしょ、若君ってのは。最中を食べたら帰ります」

若い娘らしく、プンと口を膨らましたが、すぐさま最中を口に運んで、頬はさらに大きくなった。

秋草が揺れる庭に、爽やかな風が静かに流れてきた。

第二話　恨み花

一

紋三《もんぞう》のもとに、寅吉《とらきち》という男が島抜けをしたと報《しら》せが届いたのは、晩秋の夕暮れであった。町方同心からではなく、大岡《おおおか》の元内与力《うちよりき》だった犬山勘兵衛《いぬやまかんべえ》からであった。

いかにも武芸者らしい鋭い目つきの浪人姿であるが、物腰はおっとりとしており、隙のない姿には威圧感すらあった。

「――寅吉……ですか」

困惑したような紋三を見て、犬山も複雑な表情になった。

「やはり、覚えておったか……」

「へえ。忘れるわけがありやせん。あんな酷《ひど》い事件を起こした奴ですからね」

「だが、最後の最後まで、自分はやってねえと騒いでた。捕縛したおまえのことも、随分と恨んでおったようだからな」

「へえ……」

「もう五年も前の事件とはいえ、島抜けまでしたんだ……万が一、逆恨みで、おまえさんを狙わないかと、大岡様も案じてなさる」

「お気遣い、申し訳ありやせん」

「蛇みたいな奴だからな、気をつけておくに越したことはない」

犬山は注意喚起しておいてから、寅吉の母親が住んでいる神田佐久間町《かんださくまちょう》の長屋を、南町奉行所の者が張っていると伝えた。

「神田でしたら松蔵《まつぞう》の縄張りですから、手伝わせやしょう」

「松蔵ならもう、下っ引の五郎八《ごろはち》と一緒に、張り込んでるはずだ」

紋三〝十八人衆〟のひとりである。元関取の大柄な岡っ引で、押し出しが強いから、悪さをした者はすぐに罪を認めるほどだった。寅吉の島抜けの話を聞いて、紋三との関わりも知っているから、率先して探索に加わっていたと、犬山は話した。

「そうでしたか……奴が送られたのは、たしか神津島《こうづしま》でやしたねえ……島抜けしたとして、伊豆《いず》や上総《かずさ》に流れ着くことの方が難しいと思いやす。ましてや江戸まで来るのは……」

「島役人の話では、漁師の船を盗んでのことだからな。奴も昔は船頭をしてた。船さえあれば何とかなると自信はあったのだろう」

異様なほど案ずる犬山の態度が、却《かえ》って紋三は気がかりであった。


その夜――。

神田佐久間町の『甚兵衛《じんべえ》長屋』で、寅吉の母親・お粂《くめ》を張っていた松蔵は、

――現れたら必ず捕まえる。

と肝に銘じていた。

むろん、お粂には、寅吉が島抜けをしたことなどは報されていない。倅《せがれ》が咎人《とがにん》になったことで、この五年の間ずっと、世間に背を向け、忍ぶように暮らしていた。しかも、少し目を患っているらしく、ひとり暮らしが不自由そうであった。

「おふくろに、こんな思いをさせやがって……その上、島抜けとは、どこまで性根が腐ってやがるんだ」

松蔵は吐き捨てるように言ったが、下っ引の五郎八は未《いま》だに母親に迷惑を掛けっぱなしだから、忸怩《じくじ》たる思いでいる。

「若い頃は、誰でも多少の悪さはするものだ。だが、おまえはこうして立派な十手持ちになってる。寅吉とは違うよ。なにしろ奴は、人を殺《あや》めて……」

と話していたとき、

「た、大変だ！　松蔵親分！　『丹波屋《たんばや》』で殺しでえ！」

別の年配の下っ引が走ってきた。

「なんだと。何処でえ」

案内されるままに松蔵が駆けつけたのは、長屋からさほど離れていない紺屋町《こんやちょう》の太物問屋の『丹波屋』であった。

一人息子の宗太郎《そうたろう》が殺されたというのだ。

母親のお静と番頭の儀兵衛《ぎへえ》が見つけたのだが、宗太郎は二階の自室で殺されていたという。しかも、絞殺だろうというのだ。

松蔵が検分してみると、たしかに喉から頸部《けいぶ》にかけて、鮮やかな絞め痕があり、すでに紫色に変色している。

「親分、これで首を絞めたんですかね……」

五郎八は部屋の片隅に落ちていた縄を差し出した。何処にでもある三繰りの藁《わら》縄《なわ》である。これを凶器としたのであろうか。

「室内は特に荒らされた様子はねえし、おかみさんや番頭さんの話じゃ、金目の物も盗まれていねえから、怨恨《えんこん》ですかねえ、親分」

「――うむ……」

腕組みで唸《うな》りながら、松蔵は部屋の場所や形状、押し入れや天井裏、手摺《てす》りなど隅々まで見て廻《まわ》りながら、

「『丹波屋』の宗太郎さんといや、神田界隈じゃ、ちょいと知られた粋な通人で、若い娘たちも、まるで役者を見るように崇《あが》め、憧れてたって話だ。女出入りも激しかったんじゃねえのかな」

「はい……母親の私が言うのもなんですが、水も滴《したた》るいい男との評判で、たしかに女癖が悪く……三十路《みそじ》を過ぎても独り者でした」

お静が申し訳なさそうに言うと、番頭の儀兵衛もそれを補うように、

「決して遊び人じゃないんです。女の方から近づいてくるというか……でも、それは優しいからで、もてる男にありがちな乱暴者ではなく、女をぞんざいに扱うことも決してありませんでした」

「そうかい。だが、肝心の商売には身が入らず、番頭や手代に任せきりだったとか。折角、人が羨《うらや》むような商家に生まれ育ちながら、色恋だけの噂《うわさ》とは、人とし

てどうかと思うがな」

　ズケズケと物を言う松蔵に、お静も儀兵衛も申し訳なさそうに頭を下げた。

「もう三十路なら、おまえさんたちのせいじゃねえ。てめえの心がけがチト足りないんだろうよ……」

　仏の前で遠慮のない言い草に、さすがに五郎八は恐縮して、

「親分はこういう性分なんで、ご勘弁下さいやしよ」

　と言った。

　余計なことを言うなと軽く叱《しか》ってから、松蔵は蠟燭《ろうそく》を片手に、部屋の傍《かたわ》らにある細い階段から降りていった。

「店の中を通らず、人目につかねえように宗太郎さんの部屋に行くには、裏庭から入るしかあるまい……番頭さん、この階段は？」

「はい……夜は表戸は閉めますので、女たちが通うために、そのようなものを……」

「宗太郎さんが大工にでも作らせたのかい」

「そういうことです……」

「ふうん……ここからは裏手の路地に通じているから、誰が出入りしても不思議

じゃねえやなあ……五郎八、とりあえず妙な奴を見たことがねえか、聞き込みをしてきな」

「へい！」

松蔵に命じられるままに、五郎八が立ち去ったのと入れ違いに、裏口が開いて、若い男が入ってきた。酒徳利《とっくり》を手にしている。

裏庭に入った途端、松蔵たちがいるので、若い男は、一瞬、ギョッと驚いた。

「佐吉《さきち》じゃないか。こんな刻限に、何処をほっつき歩いてたんだね」

儀兵衛がいきなり声をかけた。どうやら、店の手代の佐吉という者らしい。松蔵が身を乗り出す前に、儀兵衛の方から、今し方あった惨劇を伝えて、

「こちらは、神田の松蔵親分さんだ。おまえ、何をしてたのです」

「えっ……若旦那が……！」

先代はもう病で他界しており、当主は宗太郎だが、手代たちは今でも、若旦那と呼んでいる。親しみを込めてであるが、商売には疎いから、旦那と呼ぶには頼りないという思いもあるようだった。

佐吉は、まだ検屍《けんし》途中の宗太郎の姿を見て、胸が張り裂けんばかりに嗚咽《おえつ》した。

「——私は今し方……わ、若旦那に頼まれて、酒を買いに行ってたんです……ほ

ん の四半刻《しはんとき》……いえ、もっとかかってないと思います。その間に、どうして……」

「おまえが訪ねた酒屋は何処でえ」

後で裏を取るから店の名を教えろと、松蔵は言ってから、宗太郎に恨みを抱いている者はいないかと尋ねた。若旦那の小間使いをするほど、身辺にベッタリついていたのなら、心当たりくらいはあるだろうと詰め寄ったのだ。

「そう言われても……」

「どんないい奴でも……いや、いい奴ほど、知らねえところで恨まれてるってものだからな。どうでえ」

しばらく考えていた佐吉は、首を傾《かし》げながらも、

「強いて言えば……『出雲屋《いずもや》』の若旦那、馬之助《うまのすけ》さんくらいでしょうか」

「どこの『出雲屋』だ」

「向柳原《むこうやなぎはら》の雑穀問屋でございます。うちの旦那とは遊び仲間なんです」

「遊び仲間なのに、なぜ、そいつが恨んでるんだ」

「あやめという、浅草の踊りの師匠を奪い合ってましたから、はい……」

浅草《あさくさ》の奥山《おくやま》に住んでいるあやめという踊りの師匠なら、耳にしたことがある。

浮世絵に出るほどの美形で、男あしらいも上手いという噂だ。金のある旦那衆は、ろくに踊りなんぞ習いもせぬのに、あやめに手取り足取り教えて貰《もら》いたくて、鼻の下を伸ばして通い詰めているという。

「なるほどねえ……そんないい女を取り合うほど、仲良しってわけかい……」

だからといって殺しまでするかと、松蔵は思いながら、今一度、宗太郎の亡骸《なきがら》を改めて、養生所医師に検屍をさせる手続きをした。

二

ひとしきり検分をしての帰り道のことである。

すぐ近くの町木戸に、松蔵の目が留まった。すでに木戸は閉まっている刻限なのに、開いたままだったからである。

「弁七《べんしち》爺さん。何かあったかい」

松蔵が声をかけると、弁七と呼ばれた木戸番が振り返った。少し耳が遠いので、「えっ?」と首を傾げた。

町木戸は夜中であっても、もし事件があれば町方役人を通すために開けることがあるし、逆に真っ昼間であっても、何らかの罪人が逃走すれば、閉めて捕縛を補助する。町に雇われている住み込みの番人で、火事があれば半鐘を叩き、火の用心の拍子木を打って廻るのも木戸番の仕事である。

それだけでは大した収入にならないから、寒い季節には焼き芋屋をやったり、暑い夏には冷やっこい水を売ったりしている。中には、〃よろずや〃のように、雑貨や古着などを置いている所もあった。

「爺さん……なんで、閉めてねえんだ。物騒じゃねえか」

「これは、松蔵親分。今、閉めようと思ってたところでさあ。なんでも、島抜けが江戸に現れたからってバタバタしてて、町方のお役人を通した後、閉め忘れて」

「――そうかい……」

少し訝《いぶか》しげに弁七を見やったが、松蔵はさりげなく焼き芋に手を伸ばした。すでに火を落とした刻限だが、まだ炭火が残っていて、芋もかなり熱かった。

「差し上げますよ、旦那。御用で、お疲れだったんでしょう」

「じゃ、遠慮なく貰うぜ」

ほふほふと、焼き芋を頬張りながら、

「おまえさんのは、本当に美味《うめ》えなあ……ところで、この木戸はいつから開いてたんだい。ほふほふ……なに、すぐそこの『丹波屋』で殺しがあってな。下手人の行方を探してるんだ」

「えっ……『丹波屋』の若旦那が亡くなったんですか……」

「アチッ――」

松蔵は一瞬、焼き芋が熱くて口が止まった。

「大丈夫ですか、親分……」

心配顔そうに言う弁七を、チラリと松蔵は見てから、続けて訊《き》いた。

「――おまえさん、下手人らしき奴を見てないかい。この木戸は開いてたのなら、往来は勝手だが、『丹波屋』の裏手に行くとしたら、この先はどん詰まりだ。つまり、この目の前を行って帰ってくるしかねえんだ」

「す、すみません……」

弁七は申し訳なさそうに頭を下げ、

「本当は、五つには閉めなきゃいけないんですが、この先は路地なので、いつも四つまで放ってることも……それに、日が暮れると、大好きな酒を、ついついぐびっと……」

と飲む仕草をした。

「時に、眠っちまうこともあって……もしかしたら、あっしがうとうとしてる間に、下手人が『丹波屋』に……そうだとしたら、あっしのせいだ……あっしがキチンと木戸を閉めてたら、そんなことには……」

「そう嘆くことはねえ。まだ開いてる刻限に入ったかもしれねえからな」

「でも……」

宗太郎が殺されたのは、まるで自分の過ちのように、弁七は泣きながら謝った。

「爺さんのせいじゃねえよ……」

「へえ。けど、なんだか申し訳なくて……あっしが気をつけてさえいれば、どん詰まりなんだから、妙な奴に気づいたかもしれねえのに……今日も酒を飲んだし、ああッ……」

泣き崩れる弁七を慰めてから、松蔵はさらに訊いた。

「『丹波屋』の裏手から、隠し梯子《はしご》みたいなのがあって、宗太郎の部屋に直に繋がっていること、おまえさんは知ってたかい」

「え、そうなんですかい？」

「知らない」

「へえ……焼き芋を届けたりはしたことがありますが、勝手口までで……若旦那も時に、屋台の二八蕎麦《そば》を食べに出てくることがあって、そのときは姿を見かけてましたが……」

「女連れでかい」

「ええ、まあ……こんなことを言ってはなんですが、とっかえひっかえだったので、『黙ってろよ』なんて、駄賃をくれました」

「そうかい……どんな小さなことでもいいから、思い出したら教えてくれ」

松蔵は芋を貰った礼を言うと立ち去った。その後ろ姿を、弁七は腰を屈《かが》めて、いつまでも見送っていた。


翌日、向柳原の雑穀問屋『出雲屋』に出向いてきたときは、生憎《あいにく》の雨模様だった。

途中から降られたから、松蔵も五郎八も着物がすっかり濡れてしまっていた。向柳原といえば、古着屋がズラリと並んでいる。適当なところで、着替え用のを買ったのはいいが、『出雲屋』に来たときには土砂降りになっていた。これでは、帰りもびしょ濡れになると思い、そのまま聞き込みをしようとしたが、肝心の店が閉まっていた。

「――若旦那なら、二、三日前から、いませんよ」

隣の小間物問屋の女将が声をかけると、松蔵は訊き返した。

「行き先は話してなかったかい」

「さあねえ……でも、惚《ほ》れた女ができたんで、湯治を兼ねて箱根《はこね》でもってなことは、言ってましたがねえ」

「女……もしかして、浅草の踊りの師匠か」

「そこまでは知りませんよ。親分さん方のような野暮じゃありませんから、人の恋路のことなんか、根掘り葉掘り訊きませんよ」

「こっちも好きこのんで尋ねてるわけじゃねえ。人が殺されたんだ。御用の筋だから、どんな小さな事でも話してくんねえか」

十手を突き付けた大柄な松蔵を、女将は首を竦《すく》めて見上げ、

「知りませんよ……殺しだって言いましたけど、誰を殺めたんです？」

「神田の太物問屋『丹波屋』の若旦那だ」

「ええ!?　そんな、まさか……！」

あまりの女将の驚きように、松蔵の方が戸惑った。

「心当たりでもあるのかい」

「だって、ここの馬之助さんと、『丹波屋』の宗太郎さんは、子供の頃からの仲良しで、いつも犬っころのようにつるんで遊んでたんですよ。そんな、殺すなんて……」

絶対にありえないと女将は断言した。

「だがな、女を取り合えば、どんな親友でも不仲になるかもしれないしよ」

横合いから五郎八が話すと、女将は目を丸くして、

「言っちゃ悪いけど、馬之助さんは気立てはいいけど、とても女にもてる面じゃない。それに比べて、宗太郎さんは役者みたいだからね、年増の私だって惚れ惚れするくらいさ。だから、女を取り合うなんてことはない」

「なぜ、断言できる」

「宗太郎さんは気が多かったけど、馬之助さんは、あやめさん一筋だったからねえ」

「あやめ……!?」

素《す》っ頓狂《とんきょう》な声を上げたのは、五郎八だった。松蔵から聞いていた浅草の踊りの師匠の名前と同じだからだ。

「それは、どこのどいつだい」

「ですから、さっき言ったでしょ。惚れた女ができたって……何処の誰かは知りませんよ。本当に、私、野暮は嫌いだから」

事情を知らずに微笑《ほほえ》む女将を横目に、松蔵と五郎八は、ずぶ濡れになるのも構わず、浅草に向かって走り出した。

奥山界隈は、同じ紋三門下の伊右衛門《いえもん》だが、一応、挨拶を通してから、踊りの師匠の家に向かった。

小さな芝居小屋に挟まれた路地の奥にあって、しっとりとした三味線《しゃみせん》や軽やかな太鼓の音が流れ出てきていた。

松蔵が見ても、たしかに美人画に出てくるような色白で楚々《そそ》とした雰囲気の女だった。だが、男を惑わすような性悪女には見えない。もっとも、勝手に惚れるのは男の方だから、女を責めるわけにはいくまい。

「──『出雲屋』の馬之助さんですか……ええ、たしかに何度か稽古には来てくれましたが、あまり筋が良い方では……」

踊りの稽古の途中だったのか、あやめはほつれ毛を白い指先で整えながら、

「それに、しばらく会ってませんねえ」

と答えた。

「おまえさんと一緒に逐電《ちくでん》するはずだったんじゃねえのかい」

意地悪な言い草で松蔵が訊くと、あやめは口を押さえながら笑って、

「まさか。どうして、私が馬之助さんと……」

「決まってらあな。おまえさんが両天秤にかけた宗太郎を殺したからだよ」

「ええッ……？」

あやめは一瞬、何を言っているか分からないのか、凍りついた。

「宗太郎さんて……『丹波屋』の……」

「そうだよ。おまえさんを取り合ってた仲らしいじゃねえか。親友だけに、拗《こじ》れると余計に厄介だからな」

「——何の話ですか、私たち、そんな仲では……本当に宗太郎さんが殺されたんですか。馬之助さんが手をかけたんですか」

とても信じられないと首を振った。その反応は、『出雲屋』の隣の女将と同じだった。宗太郎と馬之助は天地がひっくり返っても裏切るような仲ではなく、まさに竹馬の友だった。

「私に対しても、決して、そんな気持ちじゃなく、ただただ芸者衆に持てたいが

ため、踊りを覚えたいとの一心でした。もっとも、踊りに熱心なのは、宗太郎さんの方で、馬之助さんはいつも座敷の片隅で、からかいながら、お酒を飲んで見てただけですが」

あやめは正直に話した。松蔵も嘘《うそ》はないと感じたものの、

——ならば、誰が殺したのか。馬之助は何故に姿を消したのか……。

という疑念は、雨でベッタリと張りついた着物のように払拭できなかった。

三

綾歌藩邸《あやうたはん》では〝定例〟の評議を終えて、桃太郎君は奥の自室に戻ると、城之内《じょうのうち》がしつこく追いかけてくる。

「もう少し身を入れて家中の者の話を聞いて下さいませぬかな、若君」

「きちんと聞いているつもりだがな」

「では、真面目に若年寄《わかどしより》のお役目に付けるよう、頑張って御公儀に働きかけて下さいませぬか。国元の藩士たちも、財政の助けにするため、乾燥させた素麺《そうめん》や織細な絹織物などを、江戸の人々に報せるべく頑張っているのでございますよ」

「分かってる。城之内の苦労もな……つくづく、私は父を継いで藩主になる器ではないと思う。兄でも弟でもいれば、よかったのだがな。情けない跡取りですまぬのう」

「なにを卑下なさっているのですか。若君ほど優れた武士はなかなかおりませぬ。ですからして……」

「もうよい、下がれ。少々、疲れた……」

と桃太郎君は邪険に言うと、城之内は仕方がないという顔になって、廊下に出た。そして、急に思い出したかのように、

「そういえば……国家老の集まりで聞いたのですが、島送りになっていた者が禁を犯して逃げ出したとか」

「さようか……」

「もし江戸に舞い戻れば、何をしでかすか分からぬので、捕縛のため、我が藩にも人手を貸して欲しいとのこと」

武家地の辻番《つじばん》は、諸藩の藩邸から交互に人員を出すことになっている。火事が起これば、大名火消しを出陣させる。同様に、何か事件が起これば、町奉行などの指揮のもと、追捕役《ついぶやく》として狩り出されることがあった。

「さようか……ならば、そうせい」

桃太郎君が適当に答えると、城之内は一礼してから、

「では、早速……実は、門前仲町《もんぜんなかちょう》の紋三という岡っ引がおりますが……」

言いかけた。すると、桃太郎君はわずかに顔を向けた。

「若君もご存じですよね」

「むろんだ。いつぞや、我が藩のことでも世話になったことがあろう」

「はい。島抜けをした男は、どうやら紋三に恨みを抱いているらしく、仕返しをする腹づもりらしいのです」

「なんだって!?」

素っ頓狂な声を上げる桃太郎君に、城之内は驚いた目を向けた。

「そこまで吃驚《びっくり》なされることは……」

「当たり前ではないか。紋三といえば、江戸市中の治安を預かる十手持ちの元締めだ。それに逆恨みするとは……しかし、なぜ、そのようなことが分かったのだ」

「流されていた神津島には、日記のようなものが残っていて、『俺は無実だ。紋三のせいで、酷い目にあった。必ず仕返しをしてやるから、覚えてやがれ』など

と乱暴な言葉が記されていたとか……紋三たちも躍起になって、行方を探しているようですが」

「お上の厳正な裁きに不満を持つとは、由々《ゆゆ》しきこと……許せぬ」

俄《にわか》に真顔になる桃太郎君に、城之内は平伏しながら、

「若君の思いも込めて、家臣たちに探索を命じましょうほどに」

「――うむ。頼んだぞ……」

と言いながらも、桃太郎君は心の中では、自分がどうにかしたいと思っていた。

紋三には、心から心酔しているからだ。


すぐさま、久枝《ひさえ》の手引きで屋敷を出て、いつものように『雉屋《きじや》』で着替えをし、門前仲町おかげ横丁の紋三の家に来たときには、激しく人が出入りしていた。

だが、紋三はのんびりとした様子で、ごろんと横になって、書物を開けている。

――命を狙うなら、狙え。

とばかりに、鷹揚《おうよう》に構えていた。

「親分。大袈裟《おおげさ》かもしれませんが、用心に越したことはありませんよ」

桃香《ももか》が入ってくると、紋三はゆっくり起き上がって、

「またお嬢を擽《くすぐ》る事件でもあったかな？」

「大ありです。だって、紋三親分を狙う島帰りの男を、とっ捕まえないと」

「誰に聞いたんだい。犬山の旦那かい」

「屋敷で城之内……あ、いえ……『雉屋』でも、そりゃその話で持ちきりでしてね」

言い訳をする桃香に、土間の片隅にいた岡っ引が声をかけた。

「桃香さんの出る幕じゃないよ」

神楽《かぐら》の猿吉《さるきち》である。普段は『智琳堂《ちりんどう》』という貸本屋を営み、鈴をつけた大八車を曳《ひ》いて、市中を歩いているが、それも探索のためである。だが、今日は、紋三親分が大変と聞いて、駆けつけてきていたのだ。

「これだけ警護してりゃ、どんな盗賊だって近づけやしめえよ」

猿吉が、一の子分は自分だとばかりに自慢げに言うと、紋三が苦笑して、

「ありがたいがな、猿吉。仰々《ぎょうぎょう》しくやられると、俺が寅吉如きを怖《おそ》れてると、世間様に恥を晒《さら》してるようなもんだ」

「世間体なんぞ、どうでもいいですよ。あっしが盾になって、お助け致しやす。それが恩義ってもんです」

若い頃、世を拗《す》ね、自棄《やけ》のやんぱちで喧嘩《けんか》に明け暮れていた猿吉を、まっとうな道に戻してくれたのは紋三である。本を読むのを教えてくれたのも、紋三だった。だから、貸本屋をしているのだ。

「偉いね、猿吉さん。私も大した力になれないかもしれないけれど、居ても立ってもいられなかったんです」

「こちとら、江戸っ子でえ。町娘なんかの手は借りねえよ」

「あなたに貸すつもりなんかありません。私はただ、紋三親分の側《そば》にいたいだけです……だって、お光《みつ》さんはいないんだから」

桃香と猿吉が張り合っているのを、紋三は呆《あき》れ顔で眺めながら、

「有り難いねえ。まるで、俺の娘と息子みてえだな」

からかうように言ったが、他の者たちも真剣に案じていた。寅吉という男は、万死に値するほど悪行の限りを尽くしていたからだ。もしものことがあったら困るから、万全を尽くしていたのだ。

その夜——。

不用心だからと、桃香は雨戸を閉めて、後は猿吉と他の下っ引らに任せて、自分は表に出た。屋敷に帰らないと、さすがに城之内にバレるかもしれないからだ。

近くの自身番も灯りを落とさずに警戒しており、いつも嫌味ばかり言っている伊藤洋三郎《いとうようざぶろう》も見廻りをしていた。

「ほんとは、紋三親分のこと心配なんだ……」

桃香はひとりごちて、路地を反対に向かい、大横川《おおよこがわ》の方の通りに出た。

海風がそよいできて、秋のひんやりとした空気と混じって、身が引き締まった。と感じた次の瞬間、突然、

――バキッ。

と膝を棒のようなもので打たれ、すぐに口を手拭いで塞がれた。桃香はとっさに、肘鉄を食らわしたが、相手はかなり大柄な男で、太い腕で喉も押さえられて、膝の痛みも急に酷くなり、身動きができなかった。

不覚を取ったと桃香は思ったが、その耳元に、

「紋三の妹、お光……だな」

と囁《ささや》いた。

「逆らうと首をへし折るぞ。お光に間違いないな」

桃香は一瞬にして、この男が島抜けをした寅吉だと直感した。とっさに、桃香は、うんうんと頷《うなず》いた。

そのまま当て身をされた桃香は、気を失った……ふりをして、寅吉に抱えられるままに身を任せていた。どうやら、すぐ近くの大横川の船着場に降り、川船に乗せられたようだった。

乱暴に船の上に乗せられて、したたか背中を打ち、足の痛みも厳しかったが、失神したと見せかけるために我慢していた。

目的は何か分からない。だが、紋三への怨《うら》みを晴らす手立てのひとつかもしれないと、桃香は感じ取ったのだ。

——どうやら、お光さんが、大岡様の屋敷に奉公しているとは知らないようだ……。

桃香はそう思って、寅吉とおぼしき男の様子を探ろうと決めた。だが、目の前の男はただの仲間かもしれぬ。紋三に逆恨みしている寅吉だと確信したとき、この手で捕らえてやると手ぐすねを引いていた。

船底を叩くような波の音が、桃香の鼓動を徐々に高めるのだった。

四

『紋三。おまえのことは絶対に、許さないからな。恨み晴らさでおくべきか。妹のお光は俺の懐《ふところ》にある。覚悟しな。寅』

汚い文字の投げ文が届いたのは、翌早朝のことだった。誰がいつ置いたのか分からないが、石を載せて、軒下にあったのだ。

明らかに脅し文である。

自身番の番人も、交代で寝ずに見張りをしていたはずだが、この始末である。伊藤は狼狽《ろうばい》して凝視した。だが、紋三だけは、

――妙だな……。

と思った。

「伊藤の旦那。ご存じのとおり、お光は大岡様の屋敷で奉公してやす。この脅し文は、嘘だと思いやすがね」

「うむ……一応、確認を取ってみた方がよかろう。万が一ということもある」

「もし、かどわかしたのが本当ならば、誰かとお光を、間違えたのかもしれやせ

ん。あっしは、その方が気になりやす」

「間違えてな……」

腕組みで唸りながら、伊藤は目を細め、

「そうかもしれぬな。いずれにせよ一大事だ。相手は本気だ。のんびり寝転がって、本を読んでる時ではあるまい」

と諭すように言ったが、紋三は曖昧《あいまい》に返事をして、箱火鉢の前に座り直した。

「へえ。しかし、あっしは、『丹波屋』宗太郎殺しの方が気になりやす」

「『丹波屋』……ああ、南町の者から聞いてる。神田の松蔵が、寅吉の母親を張っていたときに起こったのだろう。それは、それで調べてるはずだが」

「どうもねえ……何か、ここいらに引っかかるものがあるんですよ」

紋三が胸の辺りを搔《か》き毟《むし》る仕草をした。

「もしかして、寅吉がやったとでもいうのかい。見張りの目を逸《そ》らせるために」

「そんなふうには思ってやせんが、偶然にしちゃ、なんともねえ……」

「岡っ引の長年の勘ってやつか」

「ええ、まあ……」

「だとしても、おまえの門弟中の門弟が探索してるんだから、安心して待つことだな」

「へえ。松蔵なら、間違いはありやせん」

「だったら、余計なことを心配せずに、かどわかされたかもしれぬお光を案じることだな。それにしても……」

伊藤は改めて紋三を見つめ、

「おまえさんは、どうして、寅吉とやらに逆恨みされなきゃならないのだ？」

わずかに口元を歪《ゆが》めた紋三は、煙管《キセル》を摑《つか》んで箱火鉢から火をくべると、

「――あれは五年も前のことです……」

と神妙に語り始めた。紋三にしては珍しく深刻そうな顔をしている。

「寅吉は、おつうという町娘を殺した下手人として、町奉行に追われてやした。立ち寄り先と思われる飲み屋や隠れ賭場《とば》などを探しているうちに、あっしがお縄にしたのです。が……お白洲《しらす》では、無実を訴えやした」

事件自体を紋三が探索したわけではない。おつうの遺体を見つけたのは、娘の父親であり、駆けつけた北町奉行所の同心と岡っ引が検分をした結果、絞殺と判断した。

そんな中で、下手人として、おつうに言い寄っていた寅吉が浮かび上がり、北

町奉行が追っ手をかけたのであった。もちろん、下手人を捕らえるのに、北町も南町もない。総力で探すのが常である。

「ですが、寅吉は、直に捕らえたあっしのことを、恨んでいたようです。あっしが見つけなければ、寅吉は無実の罪で、お白洲に引きずり出されることはなかった……と」

「しょうがねえ奴だな。まさに逆恨みもいいところだ」

「へえ。でも……」

紋三は当時、気がかりなことが胸に引っかかっていたのを思い出したという。

「気がかりなこと……?」

「北町のお白洲では、結果として、殺しではなく、誤って人を殺めた……ということで、死罪は免れて、遠島になったんでやす」

「その時の北町奉行は、たしか堀田石見守《ほったいわみのかみ》様で、担当の吟味方与力は、石崎義之亮《いしざきよしのすけ》様だったな」

「へえ……石崎様のご子息、左之介《さのすけ》様も、北町の与力見習いでやした」

脳裏の片隅に、石崎親子のことを思い出した紋三の顔を、伊藤はまじまじと見つめ、

「それが、どうした……」

「ええ……その当時も、打ち首や獄門と、遠島では大違いだと思いやしてね」

遠島は終身刑ではあるから、恩赦でもない限り、二度と元の暮らしに戻ることはできない。しかし、命が助かっただけ儲《もう》けものだ。島では、役人の目は光っているものの、普通に暮らしていれば、生き続けることはできる。

もっとも、自給自足が原則であるから、自分で釣りをして魚を獲るなり、畑を開墾して野菜などを作らねばならない。それができなければ、決められた範囲内で、島民の手伝いなどをして、食い扶持《ぶち》を得るしかなかった。

だが、万が一、島民を傷つけるようなことをしたり、盗みを働いたり、島抜けをしようとすれば、即座に島役人の判断で殺される。それほど過酷な刑なのである。

中には、心から反省して、島民と結婚して生きていく者もいたが、自活できない者は無惨な最期を迎えるしかなかった。

だからこそ、一か八かで島抜けをして、新天地で暮らすことを願う者もいたが、船を盗んで逃げたところで、慣れぬ大海原《おおうなばら》では転覆するのがオチだった。しかし、寅吉は船頭だから、逃れることができたのであろう。

「――本来なら、誤って殺そうが、死罪だがな……」

伊藤はそう言った。当時、過失致死の概念はないから、人を殺せば死罪であって、殺し方によって罪科が変わるだけであった。にも拘《かか》わらず、遠島と判断されたのには、何か事情があったのではないかと、紋三は思っていたのだ。

「つまり、紋三……北町奉行が余計なお情けをかけたというのか」

「そうかもしれやせんし、別の訳があったのかもしれやせん」

「別の訳とは」

「それが分からないからこそ、胸の中がもやもやしてるんでやすよ……ですが、今般、寅吉の島抜けの一件がなければ、すっかり忘れていたことだ」

「であろうな……」

「あっしは、その辺りを探ってみてえと思ってやす。そのためには、お光のかどわかしのことも、きちんと調べないといけやせん」

紋三が思っていたように、お光が大岡越前《えちぜん》の屋敷にいることは、すぐに確認できた。つまりは、寅吉の脅し文に屈する必要はない。ただ、人間違いだとしたら、なんとしてでも救出せねばなるまいと、紋三は決心していた。

そんな矢先——。

今度は、雑穀問屋『出雲屋』の馬之助が、大川《おおかわ》に浮かんだ。矢切《やぎり》の渡《わた》しから、荒川《あらかわ》に上ったあたりで、葦切《よしきり》の間に手足が絡まるように沈んでいた。

駆けつけた松蔵と五郎八は、行方知れずになったのを探し始めたばかりであったから、愕然《がくぜん》となった。

松蔵がすぐさま検分したところ、溺死ではあったが、宗太郎の屍骸《しがい》と同じように、首を絞められた痕があった。絞殺されて川に捨てられたか、首を絞められたまま水に顔をつけられて窒息させられたのであろう。

「親分……これは間違いなく、同じ奴が殺《や》ったんでしょうね」

五郎八はシタリ顔で言った。松蔵も異存はないが、どうも釈然としなかった。

「『丹波屋』宗太郎を殺して逃げてた……と思ってた馬之助が、こんな形で見つかったとはな……どこでどう間違えたのかな」

「あっしたちが何か間違えたと？」

「このふたりが女を巡って争ったと思い込んだのがいけねえ。元々、仲良しのふたりが、同時に殺されたとなりゃ、こいつらを相当恨んでいる輩《やから》の仕業としか思えめえ」

「へえ……しかし、あっしらの調べでは、宗太郎とこの馬之助が、誰かに殺されるほど恨みを買ってるという話は、出てきやせんでした。たしかに、あまり評判の良いふたりじゃありやせんが」

「そのようだな。かといって、殺されていいわけがねえ」

「もちろんでさ。けど、立て続けに、こんなことがあったんですから、宗太郎と馬之助にも、何か疚《やま》しいことがあったんじゃ」

「かもしれねえな……」

唸るように松蔵は言ってから、町方中間《ちゅうげん》たちに戸板で運ばれる馬之助の遺体を見送りながら、ハッキリと言った。

「島抜けした寅吉と関わりあるかもしれねえなあ」

「ええ？」

「考えてみな。俺たちが張り込んでいた近くの『丹波屋』で事件が起きた。結局、母親の前に寅吉は現れておらず、殺しが続いた。そのことが妙に引っかかるんだ」

「もしかして……やはり松蔵親分は、寅吉がしでかしたとでも？」

「万が一ってこともある。俺たちの探索中に、ふたりもの人が死んだのだ。心してからなきゃなるめえよ」

「へい！」

緊迫した顔つきになった五郎八は、もう一度念入りに、『丹波屋』と『出雲屋』の周辺を洗い直すと駆け出した。

松蔵も改めて、寅吉の行方を真剣に探すと同時に、

――昔の事件を洗わなきゃなるまい。

と思った。もうひとつ何か大きな裏があるはずだと、考えたからだ。

隅田川《すみだがわ》の川面は、風が出てきてザワザワと波立っていた。

五

パラパラと板葺きの屋根に落ちる雨音で、寅吉はハッと目が覚めた。壁に凭《もた》れて眠っていたのだが、一瞬、「ここは何処だ」という顔で見廻した。

ふと傍らを見ると、手足を縄で結われ、猿轡《さるぐつわ》を噛《か》まされている桃香の姿があった。

「そうか……ああ、そうだった……」

寅吉は寝汗をグッショリかいていたが、思い出したように、桃香の顔をまじまじと見た。おもむろに近づくと、

「大声を上げたりしなけりゃ、猿轡を外してやる」

と言った。

桃香は不安そうな顔で静かに頷きながら、足を窮屈そうに動かすと、

「こっちも外して貰いたいのかい……ちょっとでも変なことをすると、すぐに殺すからな。分かってるな」

懐から出した匕首《あいくち》で足を結わえた綱を切ってやり、猿轡も解いてやった。

ギシギシ、ガタガタ——と軋《きし》みが繰り返し、水が流れる音が聞こえている。どうやら、何処かの水車小屋の中のようだった。

ふうっと溜息《ためいき》をつく桃香を舐《な》めるように見ながら、

「それにしても、随分と落ち着いてやがる。さすがは紋三の妹だと褒めておいてやる」

と寅吉は野太い声で言った。

「——どうして、こんな真似《まね》を……」

消え入るような声で桃香が訊くと、ジロリと睨《にら》んでから、寅吉は答えた。

「まだ知らないのかい。俺が島抜けになったことを」

当然、桃香は知っていたが、首を横に振った。

「船頭の寅吉といや、おまえだって覚えてるだろう。俺は紋三に縛られ、お陰で酷い目に遭《あ》ったのだからな。無実なのによう」

「無実……？」

「そうだよ。惚《とぼ》けやがって。おまえだって承知の助なんだろうよ」

「分かりません……それはいつのことですか。私は親分……いえ、兄から御用の筋には関わるなと常々……」

「うるせえやいッ。黙ってろ。でねえと、また猿轡を！」

手拭いを突き出して、寅吉はその恐い面相で睨みつけた。桃香はさほど恐いとも思わなかったが、少し震える真似をした。

「寅吉さんとやら……あなたは何の罪も犯していないのに、兄に捕らえられて、島送りになったというのですか」

「ああ、そのとおりだ」

「だから、仇討《あだう》ちをしたいと……」

「仇討ちだけじゃ済まさねえ。俺の無実をキチンと表に出て話し、謝罪し、本当の下手人を捕まえて、俺の代わりに島送りにしろってんだ。いや、島送りじゃすまねえ。打ち首獄門にならなきゃな」

「打ち首獄門……」

「当たり前じゃねえかッ。こちとら、五年も奴らの代わりに刑に服してたんだ。あのまま島にいたら、俺は一生……くそう。どうでも、やりこまねえと気が済まねえ」

苛々《いらいら》を募らせた寅吉だが、少しでも落ち着かせようと、桃香は同情した声で、

「――そうだったんですか……無実の罪で島流しだなんて、酷いですね」

「おまえの兄貴のせいだろうがッ」

「申し訳ありません。名岡っ引と呼ばれる兄ですが、よほど何か間違いが……」

「間違いで済むか。よく聞け、お光……」

酒臭い息を吹きかけるように、寅吉は近づいて顔を覗《のぞ》き込んだ。

「俺はたしかに、おつう、という町娘に恋慕してな、手籠《てご》めにしようとした。たかが蕎麦屋の娘のくせに、少しばかり流行《はや》ってる店の看板娘だと気取りやがってよ。俺なんざ歯牙《しが》にもかけねえ」

「……」

「だから、俺はおつうを大川端に呼び出して……」

「手籠めにしたのですか」

「いや……その前に、おつうは逃げようとして足を滑らせ、川に落ちたんだ。助けようとして手を差し伸べたが、あいつは『あっち行って！　この人でなし！』などと怒鳴るから、俺は……」

その場から離れたと、寅吉は言った。そして、遠い昔を思い浮かべて懺悔《ざんげ》するような目になって、声を震わせ、

「でも、気になって戻ったんだ……そしたら、丁度、ふたりの男がおつうを助け上げたところだった。通りがかりだったようだが、俺はバツが悪くて、逃げるように立ち去った」

「……」

「ところが……その夜、おつうの亡骸が見つかった……着物を剝《は》がれて手籠めにされた上に、首を絞められて……」

「ええ!?」

「お上は、案の定、俺のことを疑って追いかけてきた。だから、必死に逃げた……けれど、俺は逃げてる途中、おつうを助けたふたりの男にやられたに違いね

えと思ったんだ……ああ、ふたりとも何処かで見たことがある。そうだ、ある旗《はた》本《もと》屋敷の中間部屋だ。賭場で見かけたんだ……」

そう思って探しているうちに、太物問屋『丹波屋』と雑穀問屋『出雲屋』の若旦那たちだと分かった。寅吉は、そのふたりに近づいて、話をつけようとした。そんな矢先に、紋三に摑まったという。

「本当のことを話せばよかったじゃないですか」

「話したさ！　大番屋や奉行所のお白洲で何度もなッ。でも、誰も信じちゃくれねえ……それどころか、『丹波屋』の宗太郎と『出雲屋』の馬之助はふたりとも、おつうが溺れかかったのを助けただけだと証言した。そいでもって、おつうが寅吉という男に、手籠めにされそうになって川に落ちたと話していたと、お白洲で証言した」

「……」

「北町奉行は、そいつらの話を信じて、せっかくふたりが助けたおつうを、舞い戻ってきた俺が手籠めにして殺した——と決めつけたんだッ……そして、あいつらふたりは、解き放たれた。ぜんぶ俺のせいにされて！」

「本当ですか……」

「嘘つきは、あいつらだ！　だから、俺を縛り上げた紋三は、もう一度、調べ直して、奴らを捕まえて、お白洲へ引きずり出さなきゃならねえ！　そのために、おめえを！」

「人質にして、探索させるつもりなのですね」

「さすがは、紋三の妹だ。勘がええや」

「こんなことしても、兄《あん》ちゃんは言いなりにならないと思いますよ」

「なんだと……」

「でも、キチンと正直に話せば、必ずあなたの思いを叶《かな》えてくれると思う。間違いを認めて、土下座してでも謝って、本当の下手人を捕まえてくれると思う」

　桃香は真剣なまなざしを向けたが、寅吉は首を振って、

「いや、捕まって、島抜けの咎で処刑されるのがオチだ。ああ、きっとそうだ。信用ならねえから、こうして……」

　と言ったとき、ガタンと物音がした。水車の軋み音とは違う。

　ビクッとなって、表戸の方を振り返った寅吉は懐の匕首を握りしめ、わずかに明かりが射し込んでいる壁板の隙間から表を見た。

「――うっ……」

出そうになった声を噛み殺して、寅吉は一歩下がった。

「町方同心がいやがる。しかも身に覚えがある顔だ」

もう一度、隙間から外を見ると、畑の畦道《あぜみち》を歩いてくる伊藤洋三郎がいた。その後ろからは、岡っ引の猿吉がついてきている。なぜか、地べたを這《は》うように見ている。

「伊藤の旦那……ここにも、ありやしたぜ」

猿吉は地面に手を伸ばすと、何かを拾い上げて、指先で抓《つま》んだものを伊藤に見せた。

「ほら。赤玉の数珠《じゅず》です……これは桃香が落としたものに違いねえ」

「……のようだな」

「桃香はいつも、お守り代わりなのか、長い数珠を幾重にも巻いてるんだ。これで叩けば、ちょっとした武器にもなるってね……ほら、こっちにも落ちてやすぜ」

赤い数珠玉を拾い上げた猿吉は、その先にある水車小屋を見た。

「——ん……？」

首を傾げた猿吉は、何か察したのか、一目散に駆け出した。そして、水車小屋

の真ん前まで来ると、

「これは！　旦那ア。やはり桃香のだ！」

と簪《かんざし》を伊藤に向けて掲げた。

驚いて顔を引っ込めたのは、寅吉の方である。後退《あとずさ》りをして、桃香の側に戻り、

「おい……おまえ、本当に、紋三の妹のお光か……」

「え……？」

「表に来ている岡っ引が、桃香の数珠とか言って拾ってやがる」

寅吉は乱暴に桃香の袖をまさぐると、そこには赤い数珠玉が残っている。

「!?——もしかして、てめえ……気を失ったふりをして、仲間に道標《みちしるべ》を残してたのか……そして、最後には簪を……！」

「ええ。そうですよ」

「てめえ！」

匕首を喉元に突きつけた寅吉に、桃香は毅然《きぜん》とした声を放った。

「本当の人殺しになりますよ、私を殺せば」

「！……」

一瞬、思い留まった寅吉だが、目は血走っている。

「話はじっくり聞きました。後は、紋三親分にお任せなさい。私は桃香という者で、お光さんではありません。お光さんなら、大岡様のお屋敷に奉公に上がってます」

「えっ……」

「大丈夫です。私がすべて片付けてあげますから」

桃香がそう言ったとき、表戸がドンと打ち破られ、伊藤と猿吉が飛び込んできた。思わず匕首を振りかざそうとする寅吉の足を、桃香は足蹴《あしげ》で払った。ステンと腰を落とした瞬間、伊藤と猿吉が取り押さえた。

「恐かっただろう、桃香……」

と猿吉が声をかけたが、桃香は震えるどころか、至って平気な顔のまま、

「必ず見つけてくれると思ってました。優秀な伊藤の旦那と勘の良い猿吉ならね」

「――なんて、女だよ、まったく……」

猿吉は呆れた声で溜息をついた。伊藤も、空恐ろしいものでも見ているかのように、桃香を振り向いた。

六

門前仲町の紋三の家に連れて来られた寅吉は、同心や岡っ引に取り囲まれた。

そこには、松蔵と五郎八もいた。

桃香をお光と間違えたとはいえ、寅吉は脅し文まで書いて、かどわかしたのは事実だ。縄で縛りつけられていた。

「猿江村《さるえむら》の水車小屋に潜んでたらしいが、狙いはなんでえ」

紋三が自ら訊くと、寅吉は睨み上げて、

「あんたが犯した罪を、謝って貰おうと思ってよ」

「俺の罪……」

「人殺し扱いしたことだよ。無実の者を島送りにするのは、大きな罪じゃねえか」

寅吉は苛立って声を荒らげたが、傍らで見ていた桃香が止めた。本当に無実なら、印象を悪くするからである。そして、水車小屋の中で聞いた話を、桃香は丁寧に話した。

「ほう……おつうという娘を手込めにして殺したのは、てめえじゃなくて、『丹波屋』宗太郎と『出雲屋』馬之助がやったと……」

「ああ。奴ら、グルになって俺のことを、下手人に仕立てやがったんだ」

懸命に睨み上げたまま寅吉が言うと、紋三は涼しい顔で、

「だから、殺したのかい？」

と訊いた。

「――え……誰をだ」

「おまえが今言った、ふたりをだよ」

今度は、松蔵が迫った。

「な、何の話だ」

「『丹波屋』宗太郎と『出雲屋』馬之助を、首を絞めて殺しただろう。おつうが殺されたのと同じようにな」

「殺された……宗太郎と馬之助が？　まさか、そりゃ本当かい」

「冗談で、こんな話ができるか」

「へえ……だったら、いい気味だ。俺を陥れたりするから、バチが当たったんだ」

「そうじゃねえだろ。おまえが恨んで、殺したんじゃねえのか。だったら辻褄《つじつま》が合う。無実のおまえを島送りにしたふたりを、恨み骨髄に徹して殺した……そうだな」

松蔵は十手を寅吉の顎《あご》に押し当てて、

「正直に言え。ふたりとも、島抜けしたおまえが江戸に来てから死んだんだ」

「知るけえ……」

「仮に恨みを晴らすためだとしても、今度は島送りじゃ済まねえ。これだ」

十手で首の後ろを、松蔵が軽く叩いたとき、桃香がスッと近づいた。

「さっき猿吉からも聞いたけれど、少なくとも、『出雲屋』馬之助の方は、寅吉のせいじゃないよ。だって、私と一緒にいたんだからねえ、猿江の水車小屋に」

「どうだかな。遺体の様子がよくないんで、宗太郎の前に殺してたのかもしれねえ」

「だったら、どうして、こんな真似をしたんでしょうね」

「こんな真似？」

紋三の箱火鉢の所にある脅し文を指して、

「お光さんをかどわかしてまで、紋三親分に無実の証《あかし》をして貰おうと思ってたんですよ。まっとうに頼んでも、きっと島抜けした人の言うことなんか、誰も聞いてくれないでしょうからね」

「だが、事実、ふたりの人間が短い間に殺された。しかも、こいつが江戸に現れてからな。通じてる仲間がいるかもしれねえ」

「仲間……？」

「ああ。島抜けして、大変な思いをしてきた割りには着物は綺麗《きれい》だし、こざっぱりしている。母親の所に戻ってないとすれば、他に援助した者がいると考えて当然だろう」

確信に満ちて松蔵が言ったとき、

「御免下さいましよ」

と涼やかな声があって、清楚な紋様の着物姿の由利《ゆり》が入ってきた。

途端、寅吉がアッと驚いて見上げた。

「漏れ聞こえましたけれどね……その人に着物や食べ物を与えて、しばらく匿《かくま》っていたのは、私なんです」

「あんたは……？」

松蔵が問いかけると、紋三が制して、

「俺の知り合いで、さる旗本のお母様だ。もっとも、今は深川《ふかがわ》で侘《わ》び住まいだがな」

「そうでやしたか……」

すぐに引き下がった松蔵は、由利の話に耳を傾けた。

「何日も食べ物を口にしてない様子でね、大きな体なのに病人のように門前に崩れ込んでいたので、泊めてあげたのです」

「見ず知らずの者を……？」

「すぐに出廻っていた人相書を見て、寅吉って人だと気づきましたがね、様子を見ていると、そんなに悪そうな人間には見えないし、足腰も弱ってたので養生しなさいと」

「それは、いつからのことです？」

「十日余りですかねえ……だから、『丹波屋』や『出雲屋』殺しとは、関わりありませんよ。ええ、私が保証します」

何もかも承知しているかのような物言いだった。釈然としない松蔵や伊藤たちではあった。が、紋三が全幅の信頼を置いているとなれば、何かあるのだろうと松蔵は感じた。

桃香の説明と由利の話を合わせると、

「こういうことだな」

と紋三は話し始めた。

「寅吉……おまえは自分の無実を認めさせたいがために、命がけの島抜けまでして、俺の前に現れた。お光をかどわかして、俺に探索させようとしたが、肝心の宗太郎と馬之助が、何者かに殺された」

「──そ、そうだよ……」

悪いかと、寅吉は付け加えて、自分は無実だとまた繰り返した。

「だが、このふたりが死んでしまっては、おまえが無実かどうかは分からねえ」

「そんなバカなッ」

思わずカッとなりそうな寅吉を、紋三は制してから、

「まあ聞け……今般の下手人は、おまえが島抜けして、江戸にいるのを好都合と判断して、ふたりを殺したのかもしれねえ。またぞろ、おまえが殺ったと思われるだろうからな。あるいは……」

「あるいは……？」

縛られたままの寅吉が身を乗り出すと、紋三はその前に座って、

「本当のことを喋《しゃべ》られちゃまずい誰かが、ふたりを殺した……のかもしれねえ」

「――どういうことです、紋三親分」

松蔵が納得できない顔を向けると、桃香の方がパンと手を叩いた。

「なるほど。寅吉に帰って来られては困る人がいるってことですね。もしかして、紋三親分はもう目星がついてるんじゃありませんか。ねえ、どうでしょ？」

興味津々と顔を向ける桃香に、松蔵は押しやるようにして、

「何処の小娘か知らねえが、紋三親分になれなれしくするんじゃねえ。独り身の親分なんだから、妙な噂でも立てられちゃ……」

「いいんだよ、松蔵。その娘は、『雉屋』の姪《めい》っ子で、頭がくるくる廻るから、十手持ちの真似事をさせてる」

紋三が庇《かば》うと、桃香は得意げに鼻の頭を上げて、

「嫉妬ですか、松蔵親分」

「誰が、おまえみたいな小娘に……」

「さっきから小娘、小娘ってバカにしないで下さいな。この身を危険に晒してまで、寅吉から本当のことを聞き出したのは私なんですからね。それに、松蔵親分」

「なんでえ」

「大切なことを何か見落としてませんか？」

「――大切なこと……」

「バカみたいに聞き返さないで、よく考えてみて下さいな。『丹波屋』と『出雲屋』の若旦那ふたりの殺しは、親分さんと五郎八さんを翻弄させるためにやったようにも思えるんですけれど。紋三一家十八人衆ともあろう松蔵親分が気づかなかったのですか？」

桃香が自信に満ちた顔で言うと、松蔵はカッと感情が昂《たか》ぶり、文句を垂れようとした。が、笑いながら紋三が止めて、

「おいおい。それこそ小娘相手に腹を立ててちゃ、おまえの名が廃《すた》るぜ」

「紋三親分までなんですか……」

「桃香の言うことも一理ある。『丹波屋』宗太郎と『出雲屋』馬之助殺しを徹底して調べ直すんだな。でねえと……もうひとつ事件が起こるかもしれねえ」

「もうひとつ……？」

「ああ。大事なことを俺も見落としてた。それは、五年前の寅吉……おまえが無実の罪で裁かれた、その一件の中にある」

紋三は腰を引くと、寅吉の前で土下座をし、

「すまねえ、寅吉。あのとき、俺の心の奥に通った小さな疑念を、きちんと晴らしておきゃ、おまえがこんな目に遭わなかったかもしれねえ……おまえの一生を狂わせた責任は、俺にもある。勘弁してくれ」

と深々と謝った。

思いがけぬ紋三の態度に、寅吉自身も戸惑い、他の者たちの間にも、厳粛で重苦しい空気が漂っていた。

七

松蔵が『丹波屋』裏手の路地に来たのは、その夕暮れのことであった。

いつものように二八蕎麦の屋台が出ており、おやじの弁七は仕込みを終えて、のんびりと腰掛けて一服やっていた。ふうっと吹いた煙草《たばこ》の煙が風に揺れてると、表通りから松蔵の姿が現れた。

「――こりゃ、親分さん……」

気づいて挨拶をする弁七に、松蔵は険しい目を向けて、

「率直に訊きてえ。おまえさん、宗太郎と馬之助を殺ったかい」

「えっ……なんです、いきなり」

「ふたりが死んだことは知ってるな。『丹波屋』と『出雲屋』の若旦那たちだ」

弁七は俯《うつむ》き加減になって、煙管の火をポンと地面に落とした。

「知らないとは言わさねえぜ」

「……」

「おまえさん、いつから分かってたんだい。宗太郎と馬之助が、おまえの娘……おつうを手込めにして殺した本当の下手人だってことをよ……」

松蔵が屋台の前に座ると、弁七はわずかに腰を浮かせたが、観念したように、

「親分さんは、ご存じでしたか……あっしが、おつうの父親だってことを」

「以前は、大層流行ってた蕎麦屋だったらしいな。おつうは人気の看板娘で、嫁に欲しいと引く手数多《あまた》だったってな」

「ええ、まあ……」

「大事なひとり娘を、あんな酷い目に遭わされて、さぞや辛《つら》かったろうな」

「辛《つれ》えってもんじゃねえです……」

「だからって、殺しちゃいけねえやな」

ギロリと睨みつけた松蔵を、驚いた目で弁七は見つめ返し、

「殺す……あっしは何もやっちゃいやせん」

「五年前、寅吉も同じことを言った。だが、北町で下手人だと裁かれた……なあ、弁七、おまえはいつ、寅吉が本当の下手人じゃねえと気づいたんだ？」

「……」

「だから、本当の下手人を殺したんじゃねえのか。娘の仇討ちに」

責めるように言う松蔵に、首を振りながら弁七は答えた。

「先にハッキリ言っておきやすが、私が殺したんじゃありやせん。そりゃ、殺したいと思ってました。娘をあんな目に遭わせた奴らですから」

「……」

「だから、ここで屋台を出して、『丹波屋』の宗太郎にも近づいた。いつか仕返しをしてやろうってね……でも、誰かが殺ってくれた。ざまあみやがれと思いやした」

「ざまあみやがれと……」

「へえ……」

弁七は自分に言い聞かせるように続けた。

「おつうの仇討ちは、天が裁いて下すったんだ。寅吉には悪いことをしたが……あいつだって一歩間違えりゃ、宗太郎らと同じ事をやらかしてた。なにしろ、娘が川に落ちたのをほっぽっといて逃げたんだからな」

「だが、天が裁いたんじゃねえ。人が人を殺めたんだ……もう一度訊く、どうして宗太郎と馬之助のせいだと？」

「たまさかのことです……聞いたんですよ」

「何をだい」

松蔵が身を乗り出すと、弁七は一度、大きく息を吸い込んでから、

「私の店はそこそこ流行ってましたが、娘があんな目に遭ってから、すっかりやる気をなくしましてね……屋台ですからあちこち行きますがね、宗太郎と馬之助が屋台に立ち寄ったんです」

「うむ……」

「ふたりともけっこう酔ってました。小さな声で話しているつもりでも、自然と大きくなるもんです……奴ら、私のことを、おつうの父親《てておや》だと思いもよらなかったのでしょう。『寅吉って奴が下手人になって良かったな。俺たちのことバレなくて、本当に良かった』……なんて話し始めたんです」

弁七は寅吉という言葉に鋭く反応したという。北町のお裁きで、遠島が決まった直後のことだったから、聞き耳を立てていたという。すると、おうの名前までが出てきた。素知らぬ顔で聞いていると、

——実は、目の前のふたりが、おうを手込めにして殺し、上手い具合に寅吉が下手人にされた。

ことを喜んでいる様子だったらしい。弁七は皺《しわ》だらけの顔をさらにクシャクシャにして、

「自分ではどうしようもありやせん。でも諦めきれず、北町奉行所の吟味方与力の石崎義之亮様に話したんです」

「石崎様に……」

「ですが、一度、決まったお裁きはめったなことじゃ、ひっくり返らないと言われやした。一応、町奉行所でも調べてみるとは言ってくれやしたが……結局、そのまんまで」

「そうかい。妙だな……」

松蔵が首を傾げると、弁七は不思議そうに涙顔を上げた。

「探索をし直す……そんな話があるなら、俺たちの耳にも入るはずだ。けど、寅

吉の名なんぞ、此度《こたび》の島抜けがあるまで出てきたことはねえし、紋三一家十八人衆の誰ひとりとして、そんな話をしたこともねえ」

「――えっ……どういうことです」

「もしかしたら、宗太郎と馬之助殺しの裏には、紋三親分が勘づいたように、何かまだあるのかもしれねえな」

腕組みで唸った松蔵は、心配そうに見ていた弁七に、

「もしかしたら、このふたりを殺したのを、寅吉やおまえのせいにするために、誰かが仕組んだのかもしれねえ。ああ、そんな気がしてきたぜ」

「親分さん……」

「一件が片付くまで、夜鳴き蕎麦はよしときねえ。身が危ないかもしれねえからよ」

松蔵は優しく言った。

その夜、八丁堀《はっちょうぼり》でのことである。

不気味なほど蒼《あお》い三日月が、雲に隠れたり出たりしていた。秋の虫の声も聞こえず、まるで人が住んでいないかと思えるほど、深閑とした闇が広がっていた。

冠木門《かぶきもん》がずらりと並ぶ組屋敷の一角、吟味方与力・石崎家でのことだった。

当主の石崎義之亮が自室で、蠟燭灯りのもと書見をしていたところ、ガタガタと玄関が開く音がした。そしてすぐ、人が激しく倒れるような音がした。

「——またか……！」

義之亮は書を閉じると立ち上がり、玄関まで行った。

上がり框《がまち》のところで、息子の左之介が俯せに倒れて、ぐうぐうと鼾《いびき》をかいて眠っている。義之亮がいかにも聡明な役人という顔だちと態度であるならば、左之介の方は着物も〝かぶき者〟のような派手な柄で、バカ息子であるのは一目瞭然であった。

「左之介。毎晩毎晩、いい加減にせぬか。こんな所で、風邪引くぞ」

揺り起こしたが、ううっと声を漏らすだけで、ピクリとも動かない。義之亮は両刀を外してやり、自分より大きな息子の脇を抱えて、部屋まで引きずって運んだ。すでに敷いている蒲団《ふとん》の上に寝かせてやりながら、

「まったく……母親がおらぬ分、手塩にかけて育ててやったのに、無様にも程があるぞ。明日は奉行所に出仕して、己がやるべきことをきちんとやれ」

と義之亮は文句を垂れたが、左之介の耳には入っていそうもない。情けないと

溜息をついて、義之亮は立ち去った。

三日月も隠れた真夜中になって――。

左之介は隙間風にふと目覚めた。障子戸がほんのわずかに開いており、冷たい秋風が忍び込んできていた。

蒲団から這うようにして障子戸に近づき、閉めようとすると、濡れ縁の向こうの裏庭に、ぼんやりと人影が見えた。

「うん……?」

虚《うつ》ろな目を擦《こす》ったが、闇夜の上に庭木が邪魔で、ハッキリとした姿は分からない。

――錯覚……。

左之介が呟いて障子戸を閉めようとすると、か細い震える女の声で、

「左之介様……ご無沙汰しております……」

と人影が喋った。背筋が凍るような、冷ややかな声だった。

「な……何奴だ……」

「おつうにございます……あなた様に手込めにされて殺された、おつうでございます」

わずかな月明かりに照らされて、白装束の娘の姿が浮かんだ。顔は青白いが唇だけは妙に赤く、手には数珠を巻き付けていた。

「!?――」

ぶるっとなって起き上がろうとした左之介だが、酔っ払っていて膝から崩れた。

「なんだと……おつうだと……」

「お恨み申します……宗太郎と馬之助は始末しました。後はあなた様だけでございます……ふたりとも先に冥途《めいど》で待ってますゆえ」

「ふ、ふざけるな！」

よろよろと障子戸にしがみついて、左之介は立ち上がろうとしたが、やはり前のめりに倒れた。必死に裏庭の女を睨みつけ、刀を探そうとしたが何処にもなかった。

「私を手込めにしようと言い出したのは、あなたですものね。他のふたりは命令に従っただけ……でしょ？」

「違う！　あれは、ふたりが悪い。俺はあいつらに唆《そその》かされただけで……」

と言いかけてハッと口を閉ざし、

「本当は、誰だ、おまえは……何のつもりだ！」

「――おうで、ございます」

一歩二歩と近づくおうの気味の悪い姿に、左之介は思わず、

「ギャア！」

と声を限りに叫んだ。

そこへ、押っ取《おっと》り刀《がたな》で駆けつけてきた義之亮が、

「何事だ、左之介。酒に酔うて気でも違《ちご》うたか」

「父上……あの女です……あの女が、そこに現れました……」

「あの女……？」

「え、ええ……あの……」

それ以上は言葉にしなかったが、義之亮にも得体のしれない恐怖を感じた。

ぶるぶると震えてしがみついてくる左之介を振りはらうように、「しっかりせい！」と叱りつけて、中庭に踏み出てみたが、誰の姿もなかった。

八

呉服橋門《ごふくばしもん》内の北町奉行所に、紋三が呼び出されたのは、その翌日のことだった。

島抜けをした寅吉を、またもや紋三が捕らえたとの報を受けて、北町奉行の堀田石見守が直々に呼びつけたのである。むろん、寅吉を引き連れてのことだ。

お白洲の壇上に姿を現した堀田は、威風堂々としており、自分の判決には一点の曇りもないという態度である。

「このお白洲に、おまえが来ることは、南町の大岡殿も承知しておる」

紋三が大岡直々に御用札を預かっていることを、配慮しての堀田の発言だった。

平伏する紋三の横には、寅吉もいる。自分を島送りにした町奉行を恨めしく睨み上げていた。

「さて、寅吉……紋三の調べによると、己の無実を晴らすためとはいえ、島抜けは大罪である。即刻、死罪ゆえ覚悟するがよい」

「そ、そんな……」

愕然となる寅吉を見て、紋三は庇うように申し述べた。

「畏《おそ》れながら、あっしが調べ直したところ、寅吉は無罪でございます。無罪の者を遠島にしてきたのは、お上の過ちでございますから、お仕置きのやり直しをすべきと思います」

「それはならぬな」

堀田は断言した。当時、〝一事不再理〟の原則があったわけではないが、一度結審したことをやり直せば、お白洲の安定性に欠けるため、めったなことではやり直さなかった。しかし、此度は、無罪の者を有罪にした疑いがあると、紋三は食い下がった。

「――そもそも遠島は、博奕《ばくえき》の常習犯や女犯《にょぼん》の僧侶、廻船《かいせん》荷物の横領、殺しの手助け、沈没して死人が出た船の船頭などに課せられる刑罰でございやす。寅吉の場合は、手込めにした上で殺したのだから、打ち首獄門が当然であったはず。にもかかわらず、遠島にしたのは何故でございますか」

「なに……？」

「恩情の余地などないはず。何故、島流しとなったのか、まずはお聞かせ下さいませんでしょうか」

紋三の問いかけに、堀田は戸惑いの表情になって、

「儂《わし》を責めるのか。間違いだったと」

「お奉行のせいだけではありません。死罪や遠島という重い罪を課すと裁決するのは評定所ですから。それに、お奉行よりも上の立場の方々は、吟味方与力が何度も調べた上で差し出された書面をもとに量刑を決めるのが常でございます」

「何を言いたい」

「この一件の吟味方与力であった石崎義之亮様に過ちがあったと思います」

つまり、配下が間違ったことだから、堀田の責任ではないとおもんぱかって、紋三はそう言ったのである。

「なるほど……案ずるな。石崎ならば、担当故《ゆえ》、呼んでおる」

堀田が声をかけると、壇上の下座に陣取った。厳《おごそ》かで、静謐《せいひつ》な空気をさらに緊張させる雰囲気が、石崎義之亮にはあった。それほど職務に忠実な態度の吟味方与力である。

紋三は一礼すると、義之亮を見上げ、

「常々、吟味方の鏡と聞き及んでおります。門前仲町の紋三という岡っ引でございますが、石崎様に二、三、お訊きしたいことがありやすが、宜しいでございましょうか」

と慇懃《いんぎん》に訊くと、堀田の方が許した。

「では……このところ、立て続けに起こった『丹波屋』宗太郎と『出雲屋』馬之助が殺されたことについてでございます」

「うむ……」

「このふたりの名に覚えはございますよね」

確かめる紋三に向かって、「承知している」と答えた。いずれも、五年前に、寅吉の事件のときに浮かんだ名である。が、おつうを助けた者として処理されたから覚えている、と義之亮は言った。

「へえ。ですが、奇《く》しくもこのふたりが殺されてしまった……何故だと思いやす？」

「——分からぬ」

「本当に？」

「勿体《もったい》つけずに申すがよい。私は吟味方与力である。誠心誠意、答えるつもりだ」

堂々としている義之亮の目を凝視する紋三だが、相手は思わず逸らした。

「松蔵は初め、島帰りの寅吉を疑い、そして二八蕎麦屋の弁七を疑いやした……寅吉は無実の罪を背負わされた恨み、弁七は娘のおつうの仇討ち……かもしれねえと」

「……」

「ですが、このふたりが死んだために、寅吉の無実の証ができなくなったんです。

なんとか、石崎様のお力で、寅吉の無実を証明してやって下さいやせんか」

「なに……？」

「堀田様に直にお話し願えれば、今すぐ、すべてが片付くと思うのですが」

石崎は深い溜息をついて、

「おまえの言わんとすることは分かるが、その前に、宗太郎と馬之助を殺した下手人を捕らえるのが先ではないか？」

と冷静に言った。

紋三も落ち着いた声で、堀田と石崎の顔を見比べながら、

「――昨夜、石崎様の屋敷に、おつうと名乗る女が訪れたと思います。ご子息の左之介様から聞いてますよね」

「はて……」

「吟味方与力ともあろう御方が、嘘を言ってはなりませんぜ。それとも、左之介様の夢とでもおっしゃいますか……その女の話によると、『宗太郎と馬之助に唆されてやったのだ』と白状したそうです」

「な、何を言い出す……」

「おつうという娘を手込めにして殺した仲間に、左之介様もいた――ということ

です」

「出鱈目《でたらめ》を言うなッ。岡っ引ふぜいが」

思わず気色《けしき》ばんだ石崎に、紋三は毅然と言った。

「岡っ引ふぜいで悪うござんした。ですがね、与力様。あなた方が裁く下手人を、しょっ引くのは、あっしらの仕事です。万が一、間違えたら、無罪放免にするのも、吟味方のお役目ではございやせんか？」

「……」

「にも拘わらず、初手から、寅吉が下手人だと思わせて探索させた。その石崎様の罪も重うございやすよ」

「黙れ。おまえが捕らえてきたくせに、今更、言い訳かッ」

「あっしが間違えたからこそ、こうして本当のことを調べ直してるんでございやす」

紋三は腰を浮かせて、わずかに石崎に擦り寄り、さらに険しい目を向けた。そして、堀田の顔も見上げて、

「南町の大岡様のご配慮もあって、石崎左之介様を、お白洲に呼んでおります」

「なんだと!?」

思わず義之亮は声を荒らげて、立ち上がろうとした。だが、堀田も承知していたのであろう、「控えろ」と命じた。蹲《つくば》い同心に連れてこられた左之介は、真っ青な顔で憔悴《しょうすい》しきっていた。

一度は、吟味方の与力として奉公したものの、今は無職であるゆえ、お白洲の莫蓙《ござ》に座らされた左之介に、紋三は言った。

「――五年前、おつうを手込めにして殺したこと、間違いありやせんね」

「……あ、ああ」

左之介は震えながら頷いて、

「あれから、ずっと女の顔が浮かんで……だから、仕事にならず、役職も辞めた……」

「そして、今般、宗太郎と馬之助を殺した。ですね？」

「……」

「寅吉が島抜けして帰ってきたら、必ずや宗太郎と馬之助の非道を訴えるだろう。そしたら、いずれ自分の名も出てくる。だから、いっそのこと殺してしまえと」

紋三が責めたとき、「違う、違う！」と壇上から、義之亮が声を上げた。

「もうよい……分かった、紋三……すべては私が悪いのだ」

黙って見ている堀田や紋三に対して、義之亮はまるで最後の力を振り絞るように、しかし堂々と訴えた。

「左之介は何もしておらぬ。五年前も、ただ無頼の輩とその場に一緒にいただけだ。左之介は何ひとつ悪くない……だが、事が明らかになれば、左之介はもちろんのこと、吟味方与力の私の立場も危うい」

「だから、寅吉のせいにした」

「そうだ……だが、心が痛んだから、おつうにも落ち度があったことにして、死罪は避けて、遠島にしたのだ」

「……」

「宗太郎と馬之助という奴らは、性根の腐った奴だから、左之介に難癖をつけてた。あれからも悪さをやっては、左之介に揉み消させてた。そうであろう、左之介ッ」

俯いたままの左之介は、何も返事をしなかったが、義之亮は続けた。

「下手《へた》をすれば、左之介も悪事の仲間にされる。寅吉が帰ってくれば、あのふたりだけではなく、左之介のせいにもされかねない。だから、私が……私が、口止めするため、宗太郎と馬之助を殺したッ」

堀田は驚きの目で見ていたが、紋三は冷ややかに見つめていた。

「だから、私が……すべて私が悪いのだ……左之介は悪くない。五年前の事件も、ほとんど関わりないし、今般も……」

義之亮がそう言うと、紋三は首を振り、

「嘘はいけやせんや、石崎様……この期に及んで、また嘘をつくのですか。息子を溺愛するのも、大概にしねえといけやせん。吟味方与力ってなあ、真実を極めなければいけねえんじゃありやせんか」

「……」

「どうなんです。本当はすべて左之介さんがやったこと。五年前とて同じ。今般の殺しも、左之介が自分の保身のためにやったこと」

「ち、違う……」

あくまでも義之亮は、紋三の言い分は認めないと言ったが、左之介は自ら白状していた。下手人しか知らぬことも話している。

「そもそも石崎様……いずれの殺しも、あなたが、この奉行所で仕事をなさっているときに起こったことだと思われます。どうか、お認め下さい。自分ではなく、息子の左之介さんがやったことだと」

紋三のその言葉に促されるように、左之介は言った。

「――いいんですよ、父上……俺ももう疲れた……苦しいんだ……」

「左之介……」

思わず駆け下りた義之亮は、

「済まない……あのとき、下手に庇い立てなどせず、あのふたりを極刑にしておけば、おまえが、こんなことをせずに済んだ……おまえの罪は軽かったのに……武士でありながら、あんな奴らの使い走りにさせられてたばっかりに……うう、済まぬ」

と左之介の腕をしっかりと握りしめて嗚咽した。

壇上の堀田も愕然と見下ろしていたが、紋三に目を移すと、しかと頷いた。左之介は切腹となり、義之亮もお役御免となったことは語るまでもない。

その翌日――。

晴れて寅吉は、母親のお条に会った。松蔵とともに桃香に同行されたから、寅吉は妙な心持ちだった。

「寅吉なんだね……本当に寅吉なんだね」

少し目を患っていたせいか、五年ぶりに会った倅の顔を手でなぞりながら見ている。その瞳がじんわりと潤んできた。

「安心しなせえ、お条さん。寅吉は無罪だ。島抜けをしなかったら、一生、濡れ衣を着せられたままだった。母親のあんたも、惨めな暮らしを強いられ続けた……寅吉の執念には恐れ入ったぜ」

松蔵が情け深い声で言うと、お条は何度も頭を下げてから、

「──そのお人は？」

と桃香を見た。

「私？　私は寅吉さんと一晩を一緒に過ごした仲なんです」

「そうなのですか……」

お条は何かを期待したような顔になったが、寅吉は恥じ入って、

「よせやい。誤解されるじゃねえか、もう誤解は懲り懲りだ」

「長年、心配かけたのだから、親孝行をしてあげてね。紋三親分も心配してるから、ちゃんとした仕事について、賭場なんかに出入りせず、あんな奴らと付き合ったらダメだよ」

笑いながら桃香が説教すると、お条の方が有り難そうに手を合わせていた。桃香をかどわかしたことについては、大岡の差配でお構いなしとなった。無実で島

送りになったことを勘案したのだ。

一件落着とはなったものの、桃香は左之介の殺しを事前に止めることができなかったことに、忸怩たるものがあった。むろん、桃香のせいではない。しかし、

――事が起こる前に止める。

ことの方が大切だと、紋三は常々、言っている。それができなかったことを、深く反省しているのであった。それは、紋三もまた同じである。

深い秋空を何処へ行くのか、また親子の雁《がん》が飛んでいた。

第三話　おもいで屋

一

彼岸花が路傍に咲き乱れる頃、蕭条《しょうじょう》と降る雨に濡れる石畳の道を、何台もの大八車が走っている。鉄砲洲《てっぽうず》の湊《みなと》からは船が出航するのであろう。銅鑼《どら》や太鼓の音が聞こえ、小高い所にある寺社からは鐘が鳴り響いて、昼下がりのひとときを彩っていた。

鉄砲洲とは、砂洲《さす》が細長くて鉄砲の形をしていたことに由来すると言われる。湊稲荷《いなり》からは日本一の名峰富士山を望むことができる。鉄砲洲の湊には諸国から廻船《かいせん》が入るが、海からの富士の眺めは最高であった。

この時期には渡り鳥も、遠く南方に向かって飛んでいくが、どこかうら寂しく、青々とした江戸湾の海の色とあいまって、切なささえ漂っている。

湊に降り立つ諸国の人々は侍や商人に限らず、江戸見物で来る人々もかなり増えていたが、庶民が勝手気ままに旅が出来る時代ではなく、色々な国の訛《なま》り言葉が飛び交うのも、鉄砲洲の風物であった。

江戸の湊に着いてから、人々が初めに訪ねるのは、やはり江戸城近くの日本橋《にほんばし》だった。なんといっても日本一の繁華街である。広小路に立派な大店《おおだな》が並ぶ光景は壮大で、通りの向こうには、やはり富士山が聳《そび》えている。

近頃、有名なのが、江戸川《えどがわ》河畔にある『おもいで屋』であった。いわば江戸見物の目玉のひとつになっており、物見遊山に来た記念に〝似顔絵〟を描いて貰《もら》うというものが定番だったのである。

この『おもいで屋』には数人の絵師が控えており、富士山や日本橋、その街角などを背景に、今でいう〝記念写真〟のような感覚で、思い出になるよう絵に描いて貰うのである。公事宿《くじやど》をもじって絵師宿《えしやど》と呼ぶ者もいた。

人物だけではなく、江戸の町並み、有名な寺社、問屋街、江戸城などの風景も、〝土産物〟としてもてはやされていた。品川宿《しながわじゅく》から東海道に続く松並木も美しく、海辺にたわむれるようにある漁船や海女《あま》の姿もまた、人気だったのである。

それゆえ、『おもいで屋』としては人々が立ち寄ってくれることは、商売としても有り難いことであった。

この日も——。

絵師宿の表には、見物客がずらりと並んで、で順番待ちをしていた。

大抵の絵は、すでに背景の富士や江戸城、大名行列などが描かれていて、後は客の顔や姿などを描き足す体裁にしているから、次々と客をあしらうことができるのである。

見物客の者に限らず、ときには江戸の住人や侍も来ていた。参勤交代で国元に帰る武士や老若問わず夫婦者が一緒に描かれるのを望む者もいた。

そんな客でごった返している店の表に、

「阿波野芳水《あわのほうすい》おるか」

いきなり高圧的に入ってきたのは、芳水が馴染《なじ》みの顔だった。

鬼塚寛兵衛《おにづかかんべえ》——という南町奉行所筆頭与力《よりき》で、通称〝おにかん〟と呼ばれていた。

元は三河《みかわ》以来の旗本《はたもと》に仕えていた者で、奉行所でも屈指の剛の者。気に入らぬ相手は誰であれ「斬ってやる。そこに直れ！」と怒鳴りつけることがあった。

「たとえ偉い人でも、絵に描いて欲しければ、順番に並んでくれ」

「久しぶりにあったのに、相変わらず口が悪いのう」

「おまえに言われたくない。で、また何か事件かな。そういう顔をしておる」

お互い対等に物を言う。そんな態度を見て、阿波野芳水という絵師も、相当な人物であろうと、客たちは思った。さもありなん、ふたりは同い年で、同じ剣術道場に通った仲だ。芳水も元々は御家人で、同じ南町の与力を務めていたことがある。

「単刀直入に言うぞ、芳水。おまえの知恵と洋学の目を借りたいのだ」

当時化学を意味する舎密《せいみ》や鑑識という言葉はまだなかったが、南町奉行の大岡《おおおか》越前《えちぜん》から、岡っ引の紋三《もんぞう》とともに呼び出されて、幾つかの不可思議な事件を解決した経緯がある。

なにしろ、八代将軍吉宗《よしむね》に改暦を訴え、洋書の輸入も進言した数学者で天文学者・中根元圭《なかねげんけい》の一番弟子である。その中根元圭は、稀代の天文学者・渋川春海《しぶかわはるみ》に師事した才人だった。吉宗の要望によって、清国《しんこく》の『暦算全書《れきさんぜんしょ》』を翻訳した実績もある。

その折、芳水は中根の手伝いをするために、武士を捨て、ただの町人になったのだ。

だが、いわば医学や洋学にも精通しているゆえ、殺しの現場に残されたわずかな証拠から、下手人を特定して追い詰める慧眼《けいがん》があった。それを期待してのことだった。

今回は、殺しや押し込み強盗などの担当ではない与力が、わざわざ来たということは、よほど切羽詰まった事件か、複雑怪奇な事件なのであろうと、芳水は推察した。

鬼塚は問答無用という強引な口調で、大切な客人がいるのも構わず、ずけずけと仕事場に入ってきて、

「まあ、聞け。此度《こたび》の事件は、おまえと深い関わりがあるのだ」

「俺と……？」

「これを見てくれ」

一枚の絵を差し出した。

相手に説明をされるまでもなく、自分が描いた絵だということはすぐに分かった。そこに描かれた三人の人物の顔も、はっきりと覚えている。毎日、何十人もの絵を描いているのだから、名前までは覚えていないが、

——一度でも描いた顔は覚えている。

のが、絵師としての矜持《きょうじ》であった。

その眼力は、覚えた罪人の顔は、群衆の中でも見逃さない。その能力が強く、絵が上手かったから、芳水は与力の頃から、咎人《とがにん》の人相書を描かされていたのだ。

「俺の絵だが、何か？」

「真ん中の武家女が、何者かに殺された」

「え……」

絵には三人の男女が並んで描かれている。

二十五歳くらいの座った武家女を中心に、着流し姿の浪人風と紋付き羽織姿の大店の旦那風が左右に立っている。いずれも三十半ばくらい。今の芳水たちと同じくらいであろうか。

「この羽織の男が下手人かと思われた。しかし、奉行所が調べていた途中で、この男も死んでしまった」

「だったら、真ん中の者だけじゃのうて、ふたりとも死んだのではないか。ふたり、死んだと初めから言え」

言ってから、芳水は不躾《ぶしつけ》なことを言ったと素直に謝り、「客が待っている。事件の話は後にしてくれ」と言ったが、鬼塚は引き下がらなかった。

「おまえが描いた絵のうち、ふたりが死んでしまったから、残りのこの着流しの男が、自分も殺されるのではないかと、ずっと怯《おび》え続けておるのだ。一刻も早く下手人を捕らえないと、犠牲者が増えることになる」

「——だから、俺が描いた絵だからといって、どうして……」

「なぜ、三人だったのか気になるんだ」

「というと?」

「定町廻り《じょうまちまわ》同心の調べでは、この者たちが江戸に来たのは、去年の暮れ。この絵の裏書きにも、そう記されている」

「ああ、俺の字だな」

「このときに、絵に描かれている三人と他に、一緒に来ていた者がいる。そいつの行方が知れないのだ……この絵師宿に来たときに、他にもうひとり、いなかったか」

鬼塚はもう一度、絵をよく見て、思い出してくれと言った。

「さあ……それは覚えとらぬな」

「今、一緒に来たと言ったが、正確に言うと、この三人とはバラバラに江戸に来て、この地で会ったのだ。お互い面識があったかどうかは、まだはっきりとせぬ。ただ……」

「ただ？」

「江戸の廻船問屋の主人に会うためだったというのが、同じなのだ」

「だったら、その廻船問屋に訊《き》いてみればよいではないか」

「むろん訪ねておる。鉄砲洲にある『加賀屋』の主人・政右衛門《せいえもん》に会ったはずなのだ。が……その政右衛門は今、上方《かみがた》に行っておるらしく、江戸におらぬのだ。奉行所ではその行方を追っているところだが……こいつが、もうひとりの男だと思われるのだ」

「……待て、寛兵衛……俺は政右衛門という者は知らん。絵に描いた人たちのことも分からぬ。俺は何の役にも立てん」

芳水は拒むような目を向けたが、鬼塚は真剣な眼差しで、

「常々、おまえが絵や洋学、医学の力で、事件の真相を解決してるから、大岡様も門前仲町《もんぜんなかちょう》の紋三同様に、頼りにしている」

「そう言われてもな……」

「紋三はもう先に、大岡様と会って、此度の一件に首を突っ込んでる」

「俺には関わり……」

「とにかく、一度、詳しい話を聞け。おまえが乗り出さないことには、この俺も

お奉行に顔向けができぬ」

「それだけではなかろう」

「え?」

「おまえのような偉い奴が、ただの殺しくらいで動くはずがない」

「そこまで思うなら、手を貸せ」

鬼塚はただ武骨な人間ではなく、いかにも正義感に満ちあふれた与力筆頭になってはいるものの、近頃は幕府の重職とも付き合いがあるらしく、権勢欲の匂いも漂っている。

「待っているのは、大岡様だけではない。深川《ふかがわ》芸者の夢路《ゆめじ》や菊奴《きくやっこ》などもいるぞ」

美人芸者の懐かしい名を聞いた途端、芳水の鼻の下が少し伸びた。

「そういや、何度も恋文を貰っていたが……なんかこう、顔も拝みたくなってきた……ふたりとも、いい女になってるだろうな。ならば、行ってもよい」

女好きはふたりとも同じなのか、芳水の腰もわずかに浮き上がった。

二

他の絵師たちに『おもいで屋』の仕事を任せて、南町奉行所に来た芳水は、久しぶりの古巣に懐かしさすら感じた。だが堀端の松並木は新たになり、周辺の屋敷も建て直したばかりのが増えている。普段は絵師の仕事に没頭し、自分が如何《いか》に外に出ていないかに気づかされた。

秋のせいか、町並みが色鮮やかに変わっている気がして、芳水は季節の移ろいに眩惑《げんわく》しそうだった。

「――しかし、なんとも……」

吉宗の改革が進んできていたとはいえ、必ずしも華やかとはいえず、どんより薄曇りが続いている。幕府財政の悪化のみならず、天領の飢饉《ききん》などが広がり、どことなく不穏な空気すら漂っている。多くの幕閣が、

――財政改善による諸国の安泰。

の実現に向けて突き進むためには、吉宗のようないわば強攻策ができる将軍が必要なのだが、泰平の世である。一揆《いっき》などが起こったとしても、武力で押さえつ

けるのは避けねばならなかった。

だが、歴代の将軍とは違い、人心を掌握している吉宗政権は、すでに権力を一気に掌中に入れている。徳川家康《とくがわいえやす》の幕府創設時に戻したいという意図はあったが、決して武断政治ではなく、〝国家再建〟を目指した。志を同じくする幕閣たちの尽力もあった。

景気の悪化は、庶民の暮らしと直に関わりがあるため、世間全体がどんよりとしていた。もっとも、芳水が肌で感じただけである。

そんな世情の中で、不可解で奇っ怪な事件も多発していた。

芳水が絵師として付き合いのある馴染みの読売《よみうり》屋は、様々な事件を取り上げて、絵草紙仕立てにしていた。その内容たるや鮮やかな絵ともあいまって、事件の内容は不気味ですらあった。たとえば、密通女の首を刎《は》ねたり、心中した男女の祝《しゅう》言《げん》を挙げてやったり、蛇や蜥蜴《とかげ》を食べる子供が増えたり、はたまた家財道具などが飛び跳ねるお化けが現れたりして、

——上様が洋学を認めたから、変なことが立て続けに起こっているのだ。

と断じる者たちもいた。キリスト教以外の科学や思想を取り入れることには積極的だった吉宗だ。が、〝西洋化〟に対する不安の表れであろうが、人間の魂が

剔られるような不気味な事件が続いたのは事実だ。

一方で、新しい暦や測量、天文学や医学などの知識が少なからず庶民にも広がり、気持ちに変化があったのも確かだった。

数寄屋橋門内《すきやばしもん》にあっても、南町奉行所も修繕されて、まだ新しい木の香りがしていた。

大岡越前は相変わらず険しい顔で、毎日の激務のせいか、どことなく疲れている様子だった。鬼塚もまた町奉行に気を使っているのか、ピリピリした感じがしている。ゆえに、芳水も余計な緊張が湧き起こった。

「ご無沙汰しております、お奉行……お顔の色が悪うございますが、大丈夫ですか」

芳水の気遣いに、大岡は苦笑いを返し、

「うむ。色々と忙しくてな、このところ充分に寝ておらぬ。それよりも、〝目利き掛〟については、まだ正式な役職ではなく、定町廻りにさせておるのだが、私は証拠を丹念に重ねていくことで、真実《まこと》の下手人を探し出せると信じている」

「〝目利き掛〟……？」

「なんだ、鬼塚。話しておらなんだのか」

不愉快そうに大岡が言うと、すぐさま〝目利き掛〟の説明をした。同心や岡っ引の調べや医者による検屍《けんし》だけではなく、下手人探しや特定の決め手になる証拠を明らかにするために、吉宗推奨の〝化学〟や〝医学〟を使う担当。今でいう鑑識というところか。

「言うたであろう、芳水……おまえは絵師として町場におるが、いわば公儀の目付役としての役割もある。そして、類《たぐ》い希《まれ》な探索眼や洋学の知見をして、奉行所に力添えをして貰いたいのだ」

「ええ、それはまあ……」

「紋三が、町医者の藪坂清堂《やぶさかせいどう》とともに、奉行所の探索に手を貸してくれおるからこそ、迅速にしかも確かにできる。おぬしにも、今後とも宜しく頼みたい」

藪坂清堂とは、紋三が子供の頃の寺子屋の師匠でもあり、唯一頭が上がらない医者であり、儒者でもある。小石川《こいしかわ》養生所が患者で一杯になったので、深川の龍泉寺において『深川養生所』を新設して、貧しい者の治療や予防に専念している。

「紋三と清堂先生がね……でも、私はもう大小を捨て、持っているのは絵筆だけです。今は、江戸見物に来た人の顔や姿を描いておりますが、行く行くは狩野《かのう》派の名人のような絵師になりたいのです」

芳水はやんわりと断ろうとしたが、大岡はわざと、

「おまえなら、それができよう」

「はっきり言って、私は焦臭《きな》いことは嫌いで……鬼塚様のたっての頼みだというから、こうして来たのです」

「感謝しておる。証拠を固める探索も大事だと思うておる……何しろ、素直に罪を認める輩《やから》が減った。人を殺したり騙《だま》したりしても平気な輩が増えておるからな」

「そうなのですか？」

「ああ。昔と違《ちご》うて品格や潔さが失《う》せてきたということかのう。とにかく、この世の中に悪い奴がいなくなることはない。町奉行所だけが、それを阻止したり、捕らえたりできると思うておる」

大岡も随分と吉宗から薦められた洋書や清書を読んだ。それらから、奉行所は国や民を治療するものだという考えも培ってきた。

その考えや思想に基づいて、町火消し組織や小石川養生所を新たに創設したように、

――奉行所の与力や同心、その手と眼だけが人の悪を制することができる。

という堅牢《けんろう》なお上にしようとしていた。

どんな悪事でも必ずや奉行所の眼が見破り、悪事を働こうとする気持ちも抑えてやるから覚悟しておけという、奉行所の使命感と気概を常々、語っている。ゆえに、〝百眼《ひゃくまなこ》〟という密偵役の責務を負わせた町人も、町場に広めている。

この考えは、お上が人々の暮らしを監視することになりかねないが、五人組などは制度として安定している時代である。当然のことであった。

その大岡の気持ちを、芳水も重々、知っているからこそ、できる限りのことはしたいのは山々だ。悪を憎む気持ちが、どれだけあるかははなはだ疑問だが、人間が理不尽な犯罪の犠牲にだけはなってはならぬと、芳水は思っていた。

短い挨拶だけをして、鬼塚は公務があるからと、同心に命令をして、〝目利き掛〟に連れて行かせた。

そこは、小さな文机《ふづくえ》が幾つかあるだけだが、まるで洋学の実験場のように、色々な機材や器、薬品などが無造作に並んでいた。が、遊学した長崎《ながさき》の出島《でじま》や蘭学の講義を受けたときよりも粗末なものに感じられた。

「芳水先生。お待ちしておりました」

目利き部屋から現れたのは、なぜか岡っ引の紋三だった。

「その節は、色々とご教示いただき、まことにありがとうございました」

丁重な物腰の紋三だが、穏やかな目の奥にある迫力に気押《けお》された。与力の頃から顔を合わせたことはあるが、さして仕事はしていない。どの節なのか思い出せなかった。紋三の下手に出たような態度だが、どこにも隙がないと芳水は感じていた。

「早速、本題に入りますが、芳水先生……この絵ですがね」

紋三が差し示したのは、鬼塚が見せたものと同じ絵だった。

だが、三人の真ん中にいる婦人の顔には、くっきりと刃物で切りつけられた傷痕があった。

さらにもう一枚、同じ絵を出すと、それには婦人の顔は切り抜かれ、死体で見つかったという羽織の男の顔に、刃物で傷が深く入れられていた。

「一枚目は、女の手に、二枚目は羽織の男の手に握らされておりました。つまり、残されたひとりも殺されるかもしれないということです」

「この絵は、たしかにどれもうちで描いたもので、俺が裏書きしてる」

同じ絵を何枚か描くこともある。『おもいで屋』では、版画にして何枚も摺《す》ることもあるが、これは芳水が手書きしたものだ。絵には、補強するために台紙が貼られた。その裏には絵師の名や描いた日にちが記されているのがふつうだった。表に書名や落款《らっかん》を押すことはない。

客への細かい仕事は弟子たちがするから、この絵が何枚、出されたかという記憶はないが、すでに出納台帳などを調べたところでは、たしかに四枚、仕上げられている。

ということは、鬼塚が言っていたとおり、絵の人物たち以外に、もうひとり江戸に来ていたのかもしれない。

「それが、誰かは、定町廻り方の調べでも、まだ分かってないのです」

芳水は、猫の手でも借りたいから、呼び出されたのかと思ったが、事はそう簡単に済みそうになかった。これは、芳水の絵を使った〝予告連続殺し〟とも言えるからである。

「では、一緒にいたはずのもうひとりの人物は分からない……として、絵に描かれている人たち三人の身許《みもと》は分かったのか？」

芳水が尋ねると、すでに用意していた書類を手渡して、紋三は説明した。

「真ん中の武家女は、長崎でオランダ語や蘭学を学んだ人のようですな。殺された羽織の男は、上方で小さな『灘屋』という廻船問屋をしており、このふたりは

名は、康江と『灘屋』恭之助《きょうのすけ》だという。

「許嫁同士が殺されたってわけか……どうして、康江が殺された時、許嫁の恭之助が疑われたと？」

「康江の方は蘭学かぶれで……隠れキリシタンではないか……という噂《うわさ》もあります。そのため、ふたりは不仲になっていたとも」

「……しかし、その『灘屋』恭之助ってのも殺された」

「で、残っている着流しの浪人風は、実は元は、肥前佐賀藩《ひぜんさがはん》の藩士で、市川真二郎《いちかわしんじろう》というらしく……以前はやはり、康江と同じく長崎にて洋学を学んでいたそうでやすが、今は牛込《うしごめ》で町道場をしてるんです」

「ほう……」

「しかも、『灘屋』恭之助も元々は、真二郎と同じ佐賀で、郷士であったとか……武士を捨て、一旗揚げようと大坂《おおさか》に出てきたが、縁あって、江戸店も出したばかりだとか」

上方商人にとって、江戸店を出すとは夢だったのである。

「へえ、江戸店を……しかし、そこまで分かっているのなら、四人目の人物の事は容易に分かるのではないか？　一緒に江戸まで船で来たのなら」

「それが……江戸に来る船の中で知り合った男で、真二郎は顔しか覚えていないそうでやす。中肉中背、恭之助と同じように着物に羽織という姿で、これといって特徴はなかったということで、へえ」

「ほう……なぜ、そいつは一緒に絵を描かれなかったのだろうな」

「たまたま船で一緒になっただけですから、遠慮したとか」

「だとしても、妙だな……」

「とにかく、真二郎の話では、『灘屋』さんと同じ廻船の仕事をしていたらしく、意気投合して柳橋《やなぎばし》の料理屋でも一緒に食べて、芸者遊びもしたそうです」

「それでも、絵は描いて貰わなかった……何か深い訳でもあるのか……で、ふたりはいずれも刺し殺されたと鬼塚さんから聞いてるが、検死はしたのだな」

「もちろん、藪坂先生にお願いしやした」

藪坂先生は紋三の師でもあるから、快く引き受けてくれた。実は、芳水の父親とも旧知で、かつては力を合わせて〝検死〟を担っており、事件解決に役立てていたという。

死体を検分した書きつけを見る限りでは、康江も『灘屋』恭之助も、単に刃物で心臓や肺などを刺されたことで、失血して死んだ。他に疑問の余地はない。

「しかし、こういう事件は、ふつうは身辺から調べるものじゃないかねえ」

芳水が気にするまでもなく、奉行所では殺されたふたりの親戚や友人のこと、仕事の仲間たちも何人かは当たったという。それでも、下手人が浮上してこないのは、使われた凶器がまだ見つかっておらず、殺された場所が特定されていないからだった。

「殺された所が分からない、というのは？」

不思議に思う芳水に、紋三は答えた。

「何処かで殺されて、路上に捨てられていたから……でやす」

「別の所で殺されてから……」

奇妙な思いに芳水は囚《とら》われた。わざわざ、そのようなことをすれば、手間がかかる上に犯罪がバレる可能性も高い。下手人には特別な意図でもあったのであろうか。芳水の懸念に紋三は答えた。

「ですから、初めは、辻斬《つじぎ》りの類《たぐい》かと思われやした。しかし、その手には、例の……芳水さんが描いた絵を持たせていた。しかも、被害者の顔を傷つけて……明らかに、絵に描いてる者たちを殺すという意味を示してると思いやすよ」

「だから次は、市川真二郎さんが危ないということか」

「へえ。町方同心が、真二郎の身辺を一応、護《まも》ってはおりやすが……」

「一応、というのは？」

「ひとつの事件に、ずっと関わることはできませんからな。かといって、また殺されたりすれば、町奉行所は笑いものになる。大岡様もそれを気にしているのだと思います」

「面子《メンツ》を気にするとは、大岡様らしくないが……それにしても、自分の描いた絵を傷つけられたとは、いい気がしない。こんなことする奴は、よほど恨みを抱いているか……でなきゃ、頭がおかしいのではないかな」

芳水は破れた絵を、しみじみと見つめた。

三

両国橋《りょうごくばし》西詰めや柳橋辺りは、料理屋や飲み屋、船宿などが建ち並んで、紅灯《こうとう》の巷《ちまた》となり、公儀役人の旗本や大店の旦那衆が夜な夜な集まってきていた。
その夜——。

芳水は『美山《みやま》』という料理屋で、夢路という芸者と待ち合わせていたのだが、案の定、まだ来ていなかった。

与力から絵師になるという脳天気な男である。妻《めと》を娶るような甲斐性《かいしょう》はなかった。だが、役人だった頃は、大店の若旦那などとつるんでは、芸者や水茶屋の女たちを呼んではドンチャン騒ぎをしていた。が、真面目な夢路は遊び人みたいな芳水のことは好きになれず、音沙汰がなくなっていた。

だが、その夢路の姿はなく、代わりに現れたのが、顔馴染みの菊奴という年増と半玉《はんぎょく》から芸者になったばかりの若い娘だった。芳水はどちらかというと熟した女が好きだが、目の前の娘を見て、少しばかり鼻の下を伸ばした。

「お初にお目にかかります。夢路姐《ねえ》さんからは、よくお噂を聞いておりました。私は、桃香《ももか》という駆け出しでございます。今後とも、宜しくお願い致します」

「桃香……」

「はい。門前仲町の紋三親分さんにも可愛《かわい》がって貰ってます」

深々と三つ指をついた桃香を見て、芳水は気分が滅入った。紋三の名を出したということは、もしかしたら密偵かもしれぬと思ったからだ。

——そういや、紋三も一緒に、この店を勧められて来たのだが……。

何か曰《いわ》くあるなと感じていた。もっとも芳水とて、ただ遊びに来たわけではない。気晴らしもあったが、桃香が相手では、なんとなく落ち着かなかった。

いつしか、銚子が床に転がり、芸者たちの三味線《しゃみせん》や長唄や端唄《はうた》、座敷遊びで、芳水も興が乗ってきた頃、

「菊奴姐さん……旦那さんがお呼びですよ」

別の座敷に出向いていた半玉が廊下に控えて声をかけた。同じ置屋から『美山』に送られてきている千代丸《ちよまる》である。菊奴は真っ赤な厚い唇を突き出すように、

「旦那さん？」

「ええ。『西海屋《さいかいや》』のご主人、文左衛門《もんざえもん》さんです」

「来てたんですか……」

わずかに声の調子が落ちた菊奴は、あまり好きな客ではないのか、

「悪いけど、千代丸ちゃん。今日は別の座敷があるので勘弁して貰って下さい。後で、顔だけ出すからって」

「でも、他のお客さんも一緒だから、是非にって」

「本当にいつも厄介なんだから……」

人の前で他の客を悪し様《あざま》に言うことは、やってはならないことだが、菊奴は感

情が激しい女なのか、露骨に嫌っていた。芳水は自分への気遣いならいいぞと言ってから、おやっと首を傾《かし》げた。

「……その『西海屋』ってのは、何をしている問屋だ？」

「上方の廻船問屋ですよ。元々、酒問屋をやってたらしいんですが、灘や越後《えちご》から直に仕入れるようになってから、廻船問屋に代わり、それからは諸国の物産を色々と……」

「――廻船問屋……ちょっと、その人と会わせてくれぬか。もし、よかったら、ここで一緒に飲ませて貰いたい」

何かを感じたのか、芳水が言うと、菊奴は驚いた。

それを、桃香も不思議そうに眺めていた。

「なに、菊奴の他の客を見てみたいもんだ。俺には厄介者なんぞと言いながら、向こうの座敷に行けば、シナを作ってるかもしれんからな」

「おや。妬《や》いてくれるんですか。でも、本当にそんなんじゃ……」

「いいから、呼んで来てくれ。俺が奢《おご》るから」

しばらくすると、眉毛の濃い立派な体格の黒っぽい羽織姿の男が入ってきた。

他にも三人いて、いずれも少しばかり酒が入っているから顔が赤かった。芳水の

方から、まるで旧知の人のように招き入れて、

「ややや あ。ここで会ったも何かの縁。一期一会を楽しみましょう」

と言ったとき、体格のよい『西海屋』という男が相好《そうごう》を崩して、

「いえいえ。初めてじゃありませんよ」

懐かしそうに芳水の隣に座って、他の座敷から自分で持ってきた酒を勧めた。

「やっぱり、阿波野芳水さんだ。あなたは覚えてないでしょうが、去年の暮れ、江戸に来たとき訪ねたことがあります」

「ああ……そういえば……」

芳水は確信があった訳ではないが、やはりなと思った。奉行所で見た三人の絵を描いたときに、『おもいで屋』に一緒にいた〝第三の男〟だったのだ。

上方の廻船問屋と聞いて、『灘屋』恭之助のことを知っているかもと思っただけだが、まさか本当に同行していた奴だとは、芳水自身が驚いた。

奇遇といえば、奇遇かもしれないが、違和感を覚えたのは否めなかった。

「本当に覚えてくれてましたか」

『西海屋』という男が聞き返した。そして、改めて、『西海屋』という廻船問屋をやっている順之助《じゅんのすけ》だと名乗って、酒を注《つ》ぎながら、連れてきた商売仲間に自慢

そうに、芳水を紹介して、

「阿波野芳水先生みたいな大先生に巡り会えて、私は果報者です。よかったら、上方にも遊びに来て下さい。近頃は、伊勢講《いせこう》も盛んですしね、そのついでに」

「なんだ。芳水さんと『西海屋』さんは知り合いだったんですか」

先程と違って、菊奴はにっこりと微笑《ほほえ》みながら、ふたりの間に入って酌をした。

「ほれ、桃香も、さあさあ……合縁奇縁《あいえんきえん》と言うけれど、不思議ですわねえ」

「ああ。俺も吃驚《びっくり》した……しかし、上方から……こちらで商いですかな」

芳水が尋ねると、『西海屋』は菊奴から酒を受けながら、

「江戸店を出しましてね……なにより、この菊奴に会いたくて、会いたくて」

「まあ、本当かしら」

菊奴が拗《す》ねたように言うと、わざとらしくグイッと抱きしめて、

「本当も本当だ。つれなくするなよ……なに、こいつとは、深川で半玉をやっていた頃からの仲でね。身請けをしてやろうと思ったのだが、こっちは傾きかけた酒問屋の倅《せがれ》……いつかは女房にしようと思ってたのだが、プイと逃げられてしまった。アハハ」

「嘘《うそ》ばっかり。綺麗《きれい》なお嫁さんを貰ったくせに。だから、日陰の女でもよかった

のに」

また菊奴は唇を尖《とが》らせて見せたが、これまた本気でもないことを言っているようだった。

「なるほど、どっちが狐《きつね》か狸《たぬき》か分からないけれど、座敷の男と女とはこのようなもの。本気になった方が負け……そうですよね、菊奴姐さん」

桃香は屈託のない笑顔で言うと、菊奴はジロリと睨《にら》んだ。

が、『西海屋』はさして気に留めずに、

「ときに、芳水先生。此度は、どういう用事で、この店まで？」

「え……」

「芳水先生は、ただの絵師じゃない。かつては人相書を描いていた人で、お奉行様にも重宝されてる与力様だった人ですからな。ただ遊びに来たとは思えなくてねえ」

『西海屋』が探りを入れているように、桃香には聞こえた。

「特に理由はないが……」

芳水も曖昧《あいまい》に答えて、奉行所の仕事であることは黙っていた。

紋三の口調では、許嫁同士のふたりを殺し、残りの市川真二郎を狙っているのは、〝第三の男〟であることを示唆していた。つまり、目の前の『西海屋』かもしれないからだ。

「それよりも……あのときの人たちとは、会っていないのかね」

さりげなく訊《き》いた芳水に、『西海屋』は首を傾げて、

「あのとき？」

「うちで絵を描いた、あの人たちだよ。たしか、あなただけは、どうしても描かなくていいと拒んだとか。そこまで、俺のことを尊敬してくれるのなら、江戸見物の思い出として、ひとりでも……」

「あ、それは……」

困惑げに表情をゆがめた『西海屋』を、芳水はまじまじと見つめながら、

「なんか訳でもあったのかね」

「特には……あのお三人は昔からの友達だったらしいですが、私は船上で会っただけですので、遠慮をしただけです」

と答えた。

紋三の話と一致すると芳水は思ったが、むろん何も言わなかった。ただ、その者たちの話は避けたいというような感じを受けた芳水は、思い切って事実を述べ

てみた。

「この絵だが……」

紋三に見せられた絵を、羽織の内袖から取り出した。顔が刃物で裂かれている。

「これは……！」

絵を見た『西海屋』の目が一瞬、キラリと光った。芳水はその顔をじっと見ながら、

「俺が描いたものだ……驚いたことに、このふたりが死んだらしいのだ」

と康江と『灘屋』の絵を指した。

「ええ!?」

あまりにもの驚きようが、芳水にはわざとらしく感じたほどだった。

「知らなかったのか？」

「し、知るも何も……私はあの時、別れたきり会ってないし、何処の誰かも……」

『西海屋』は知らないと首を振った。

「しかし、こっちの『灘屋』さんとは、同じ廻船問屋ということで、気が合ったと聞いてる。本当に知らないのかな」

「聞いてるって……誰からです？」

用心深げに聞く『西海屋』に、芳水はこの際、はっきり言って追い詰めた方がよいと考えて、膝を乗り出して、

「紋三からだ……といっても、上方のあんたには分からないだろうが、大岡越前の肝煎りの岡っ引でな。俺も与力の頃には、随分と助けて貰った」

「そ、そうですか……でも、どうして、あなたが……」

「町奉行所与力だったことを、あんたは知ってるんだろ？　絵師としても、探索の手伝いをしたとて不思議ではあるまい」

「は、はい……」

「此度も頼まれたのは、殺されたふたりの手には、この絵が握られてたからだ」

「……どういう意味です」

「そこが謎で、分からぬ。しかし、このふたりに恨みを持っている奴の仕業であろうことは、お奉行も睨んどる」

「そうなのですか……」

「まだ相手が誰かは分からんが、ここで会ったのも何かの縁。色々と手を貸してくれんかね。この三人の関わりを知りたいのだ」

「でも、先程も言ったとおり、私はただ旅先で出会っただけですから、この三人については何も……」

明らかに尻込みした態度に変わった。それゆえ、何か大事なことを隠していると察した芳水は酒を注ぎながら、

「ねえ、『西海屋』さん。仮にも、あなたが旅先で一緒になった三人のうちのふたりが、刺し殺されているんです。気になりませんか」

「気持ち悪いだけです……いや、とんだことになりましたな。お気の毒ですが、本当に私は何も知りません」

繰り返して同じことを答えると、どうも験が悪いとばかりに元の座敷に戻ろうとした。その腕を芳水は摑《つか》んだ。

「まあ、いいではないか。あんたが描かれてたら、それこそ殺されたかもしれぬ。何しろ、被害者のふたりは、これと同じ絵を切り刻んだ上で、手に握らされてたのですからな。こうして……」

と『西海屋』の手に絵を触れさせると、わずかに気色《けしき》ばんで、

「やめろッ。調子に乗らないで下さい。私は関わりないと言ってるでしょうが。ああ、不愉快だ。菊奴、もう帰る！」

「旦那さん、どうしたってんです……」

「フン！」

何に腹を立てているのか、『西海屋』はサッと席を立つと座敷から逃げるように廊下に出た。一緒に来ていた商売仲間も訳が分からない様子だが、気を遣いながら後を追った。

芳水は目を細めて見送りながら杯を傾けて、

「――菊奴……『西海屋』のこと、詳しく教えてくれ」

と訊いたとき、成り行きを見ていた桃香がスッと芳水の側《そば》に来て、

「先生。私がお話し致しましょうか」

「ええ？」

「私は前もって調べてたんですよ。先生には、あまり手をかけさせちゃだめだって、紋三親分に言われましてね」

「どういうことだね？」

不思議そうに見やる芳水に、桃香はなぜだか嬉《うれ》しそうに微笑みかけた。

四

『西海屋』という廻船問屋の江戸店は、鉄砲洲の一角にあった。この辺りは、色々な問屋の蔵が建ち並んでいるから、廻船問屋としては便利のよい所だ。訪ねてくる取引先の商人などには、宿代わりに使わせていたから、この界隈でも、一際大きな店構えであった。

ふいに暖簾《のれん》を分けて、店に入ってきたのは、紋三であった。羽織姿で十手を見せていないので、一見、大店の主人にも見えた。だが、只者《ただもの》ではない、『西海屋』はすぐに察していた。紋三の後ろには、もうひとり目つきの鋭い若いのが控えている。猿吉《さるきち》だが、いかにも十手持ちという風貌《ふうぼう》だったからである。

紋三は身許を名乗ってから、

「昨夜のことだが、ある者からちょいと報《しら》せがあってな……邪魔するぜ」

と言って、じっと『西海屋』を睨みつけた。途端、相手は、伏し目がちにではあるが、

「奉行所に調べられるようなことはしてないがね。一体、何を聞きたいのですか

な。今は重要な商談の最中なんだが」

元侍の芳水に対するのと違って、虚勢とも見えるほど威儀を正して、『西海屋』は答えた。

「では、そこの茶店で待たせて貰おう。逃げても無駄だぜ」

念を押すように言ってから、紋三は歩いてすぐの目の前の茶店に行き、表の床几《しょうぎ》に腰掛けて、甘い物を頼んだ。猿吉は『西海屋』の表で忠犬のように立っていた。

紋三の目からは、暖簾越しに商人と何か話している『西海屋』の姿が見えた。その姿からは、犯罪の臭いがしないが、悪い奴ほど本性を隠すものである。しかし、どんなに巧みに誤魔化《ごまか》しても、ちょっとした目の動きや指先の震え、刻むような膝の動きなどから、心の中の疚《やま》しいものが現れるものだ。最初に会ったとき、

――こいつは、どうも怪しい……。

と紋三は直観していた。

「お待たせ致しました、紋三親分」

商談がうまくまとまったのか、『西海屋』は機嫌のよい顔で、紋三の前に座った。

「如何《いかが》ですかな、茶は。それも、うちで扱っている茶葉なんですよ」

「苦いだけで、美味《うま》いもんじゃないな」

「これは手厳しい……宇治《うじ》のいいものなんですがねえ……」

「『灘屋』さんとは、何を揉めていたのかね」

唐突な問いかけに、『西海屋』はエッという顔つきになって、

「何のことでしょうか」

「ゆうべ、阿波野芳水殿とたまさか、神楽坂《かぐらざか》の料理屋で会ったそうだが、その話をしようとしたら、さっさと帰ったというので、改めて訊いてみたい」

「誰がそんなことを……」

「俺の手の者だ。芸者として、あの座敷にいたんだよ」

菊奴とは他に、初顔で名は知らぬが、桃香がいたのを思い出したのか、『西海屋』は困惑した。紋三は睨み据えて、

「芳水殿をただの絵師と思って貰っては困る。今でも、南町奉行所にて〝目利き掛〟として探索に関わってるのだ」

「知ってます……」

「だから、正直に物申した方が、おまえのためだ。さよう心得ておきな」

横柄な態度の紋三は、相手を威嚇《いかく》するためである。問答無用で番屋に引っ張っていって、罵倒しながら拷問もどきのことをすれば、大概の者はすぐに音を上げて悪事を白状したが、大岡様はそれを良しとしない。何でもかんでも、証拠の世の中になった。それが、

――人を人として尊重することになる。

という考えだ。つまり、罪人まで人として尊重しなければならぬという。紋三とて、同じ思いであった。

とまれ、冤罪《えんざい》を生むことを避けるためにできたのが、〝目利き掛〟と言ってもよい。紋三が率先してやらねばならぬことが、〝動かぬ証拠〟を摑むということである。当時も、

――疑わしきは罰せず。

という後の法治国家のような思想があった。ゆえに、吉宗は御定書百箇条《おさだめがきひゃっかじょう》を作らせたのだ。

「で、紋三親分……一体、私が何をしたというのです」

「このふたりを殺したのであろう」

例の絵を見せて、紋三は『西海屋』の顔をじっと睨みつけた。芳水から見せら

れたばかりだから、思わず目を背けたくなったが、『西海屋』はじっと我慢をしているようだった。

「芳水さんにも言いましたがね、この三人とは船で会って……」

「その話はもういい。ここへ来る前に、『八州屋』に立ち寄ってきた。この絵にある……『灘屋』恭之助と取り引きがあった日本橋の酒問屋だ。あんたとも少なからず取り引きがあったらしいな」

紋三がはっきりと言うと、『西海屋』は頷きながらも、

「取り引きという程では……」

と曖昧に答えて、だから何なのだと言いたげに睨み返してきた。その目には人を侮蔑する奢りと怒りが漂っていた。

「『八州屋』の者たちに聞いてきたのだ。おまえと『灘屋』さんは、酒の仕入元である『八州屋』との約定のことで、幾度となく険悪になってたというではないか」

「……」

「船で会ったのは、たまさかのことだと言っているが、そうではなかろう。おまえと『灘屋』さんはふたりして、かつて江戸でも、さる大藩の御用商人とも商談

を……『加賀屋』政右衛門という廻船問屋とも商談をしているではないか」

加賀屋政右衛門は、文字通り加賀前田藩《まえだはん》の〝武器商人〟とも呼ばれ、公儀と藩に二股をかけて鉄砲や弾薬を売って荒稼ぎをした男として知られていた。元々は、松前藩《まつまえはん》との抜け荷で成功したとの黒い噂もあるが、その後、鉱山経営をしたりしていた。加賀藩の財政の意見番としても世間を渡り歩いていたのだ。

その『加賀屋』の口利きで、『西海屋』は『灘屋』と一緒に、政右衛門とも手を結んだことは、すでに紋三も調べ出していた。

すでに町奉行所に問い合わせて、『灘屋』の動向を調べたところ、〝第三の男〟が『西海屋』ではないかということも浮かんでいたのである。

「おまえは江戸で、この三人と一緒に泥鰌鍋《どじょう》も食べたそうじゃないか。町場には、〝百眼〟という密偵もおるからな、細かなところまで調べ出したのだ」

「だから何なのです」

「『灘屋』から大損させられていた上に、江戸での商談におまえは負けてしまった。松前から、越中《えっちゅう》、上方、そして九州《きゅうしゅう》などと商いをしている『加賀屋』のお陰で、多くの酒蔵から仕入れることができたのは、『灘屋』の方だけだった。そのことで、おまえさんは恨んでいたんじゃねえかとな？」

「……そんな思いをしたなら、飯を食ったりしませんよ」

「『おもいで屋』に行ったのは、江戸についてて船を降りてすぐのことだ。絵に裏書きされている日付を見ても、間違いはない。つまり、おまえと『灘屋』が不仲になる前のことだ」

「不仲……？」

「それ以前から、何かと揉めていたことは『八州屋』でも聞いている。江戸に来たのは、この『西海屋』に有利に事を運んで、それまでの不仲に終止符を打つつもりだったが……『灘屋』が欲を出したのか、おまえの商店には利益をもたらしそうになかった」

「だから、殺したと？」

「そうだ」

「──そんな馬鹿げた話があるものか」

『西海屋』は腹立たしげに否定して、

「たしかに、『灘屋』さんとは商売のことで色々と意見が違いましたがね。殺すまで憎んだことなど一度もありませんよ。これでも冷静な男でしてね。商売だって、うちの方が断然、格上ですから、相手にしていませんよ」

「ならば、奥さんの方はどうだね」

「奥さん……？」

首を傾げる『西海屋』に、紋三は険しい顔を向けたまま、

「まだ、許嫁らしいが、康江さんだよ。あんたは酒の力を借りて口説いたらしいではないか。そう、泥鰌鍋を食べながら」

「そんなのは酒の席上のおふざけですよ」

これまた話にならぬとばかりに、手を振りながら、『西海屋』は眉を顰《ひそ》めた。

「ただ、からかっただけだと？」

「そうですよ」

「しかし、康江さんは本気で嫌がっていた。船旅は長い。彼女は美しいから、横恋慕でもしたのではないのかい？　前々から知っていたのならば、尚更だ」

「思い込みでモノを言うとは、岡っ引らしくありませんねえ」

「芳水殿の話じゃ、自分に負けぬくらいの女好きだとか」

「芸者遊びをする酒席ならば、誰でもそんな顔をするでしょうが。しんねりむっつりしてて何が楽しいのです。それとも、紋三親分は女はお嫌いですかな」

「そういう場所には行かねえなあ」

「お堅いですな。しかし、誰もがあなたと同じではない。それに、女好きだとしても、人の妻を横取りしようなどと考えたことはありませぬな」

少し興奮気味に話す『西海屋』を見て、紋三はにんまりと笑って、

「ふむ……隠すより現れろだ、な」

「はあ？」

「己の痛いところを突かれると、誰でも能弁になるてえぜ。必死で否定するためにな」

「……」

「これで、段々、分かってきた」

紋三の厳しい顔が、日が射したように明るくなった。

「おまえさんは元々、『灘屋』とは商売上で揉めていた。しかも、美しい康江を妻に持つことにも嫉妬していた。だから、『灘屋』に商売で負けた腹いせに……康江を殺し、それがバレたので、『灘屋』も殺した」

断言する紋三に、じっと我慢をしていた『西海屋』は噴火するように怒鳴った。

「いい加減にしてくれ！　そこまで言うなら証拠を出せ！　私がやったという証拠があるなら、きちんと揃えて持って来い！」

「証拠なら、ある」

「！……」

「三人と一緒に、おまえが絵に描いて貰わなかったことだ……阿波野芳水様がそのことを調べ直し、下手人が握らされていた絵も改めて検分してる。いずれ犯行に使われた凶器もハッキリするであろうし、おまえさんがやったという確たる物的な証拠も出るだろう」

紋三の目は自信に満ちあふれ、『西海屋』は打ち震えながら睨み返していた。

「このまま自身番にしょっ引きてえところだが、大岡様は罪人にも計らって、牢屋にぶち込むのにも、証拠と手続きがいる。だが、俺たちの目を節穴だと思うなよ。すぐに獄門送りにしてやるよ」

低い声で脅すように言う紋三は、いつになく険しい顔になっていた。

五

その頃、桃香は、浅草浅草寺《あさくさせんそうじ》の近くで、絵師をしている神川栄笙《かみかわえいしょう》を訪ねていた。

女岡っ引の姿である。御用札には、『門前仲町紋三御用』と記されているので、神川も少しばかり恐縮した。

芳水と並び称せられる絵師でありながら、江戸土産の饅頭《まんじゅう》や煎餅《せんべい》を売ったりして、もっと商売っ気のある男だった。しかも、版画も沢山摺って、売りまくっていた。いかにも金満家で横柄な態度だから、芳水とはソリが合わなかった。

しかし、絵についてはお互い勉強になることが多いらしく、羨《うらや》ましいほどのものがあると、芳水は感じていた。逆に、人物画については芳水の方が上手いので、さしもの神川も感服し、自分は神社仏閣や大橋、隅田川《すみだがわ》や富士山などの風景画を得意としていた。

「で、この絵なんですがね……」

桃香は〝目利き掛〟に保管されていたのと同じ絵を神川に見せた。刃物のようなもので切り刻まれていたから、よい心地ではなかったようで顔をしかめた。桃香は殺し事件について簡単に話してから、

「殺されたふたりが手にしていたものなんです。江戸で描いたものですが、芳水さんの所へ来たときに、この真ん中の女の人が、神川さんの絵師宿にも行ったことがあるようなことを話してたのを思い出したんです。なので……」

と聞こうとすると、

「ええ。よく覚えてますよ」

すぐに神川は返してきた。一度ならず、何度か来たことがあるという。ひとりだけの絵も描いたことがあるらしい。

「ひとりで……？」

「近頃は、浮世絵の美人画のように、自分の若い頃の姿を残したいとか、嫁入り道具にしたいとか、あるいはお見合いに使うとかでね……綺麗に描いてと注文をされました。元々、美しい方だから、こっちから拝んで頼みたいくらいでしたよ」

事実、版画にして売っているという。美人番付に登場するような絵である。

「お見合い……あはは、私も描いて貰いたいくらいですわ」

桃香が言うと、神川はじっと見て、

「たしかに、美しいお嬢さんだ。なんでまた、十手持ちなんかに……」

「悪い奴が許せないからです。そんなことより、この女の人は一体、何方《どなた》です」

「この女性なら、たしか……康江さんといって、何処《どこ》ぞの藩主の若君に嫁入りするとかで浮き浮きしてましたがね」

「若君に嫁入り……？　でも、相手は、許嫁はこの人のはずだけど」

羽織姿の『灘屋』の姿を指すと、神川は首を振りながら、

「同じ田舎から出てきた者同士だから、仲がよいだけだと言ってましたな、この女の人は……ただ、この『灘屋』さんだったか……商売をしている人は、昔から康江さんのことを好きだったようで、一緒になることを望んでいたようでしたがね」

「そうですか……」

桃香は釈然としない顔になって、

「こっちの着流しの男は知ってますか？　やはり同じ国の幼馴染みなんですが」

「さあ、私はこの人を描いた覚えはないが……とにかく、康江さんはなんというか、厳格な雰囲気がありましたな」

神川から聞いた桃香は、康江が厳格だという印象には、少し違和感を抱いた。康江が芳水の絵師宿に来たときには、もっと自由奔放な女に感じていたらしいからである。

「ちょっと会ったくらいで分かりますか」

神川が訊くと、桃香は当然とばかりに微笑んで、

「芳水先生は、女好きなもんですから」

「なるほど。では、康江さんは男を手玉に取るような女だとでも？」

意外な神川の言葉に、桃香は眉を動かして、

「そういう噂でもあるのですか」

「噂ではないかも……なにしろ、彼女に言い寄って来る男は何人もいますからな。江戸に出て来て、学問をして垢抜《あかぬ》けたんじゃないのかねえ」

「学問……」

「何処その若君に嫁ぐくらいですからね。しかし、女は〝おさんどん〟をするべきだと男たちは思ってますからな」

「神川さんも？」

「まさか。女神のように崇めてますよ」

絵を描く人間に女嫌いがいるはずもない。野に咲く花でも、高嶺《たかね》の花でも、美しいものは摘み取って、自分の手の中にとどめておきたいと願うものだ。その気持ちがなければ、一瞬一瞬、変わっていく風景であっても描けないであろう。

「……てことは、やはり、私はちょっと物足りないということですかね」

桃香がぽつり言うと、神川は「はあ？」と聞き返すだけだった。

その後——芳水は桃香の話を受けて、牛込の市川道場まで足を運んだ。

神楽坂を登った小高い所にあって、江戸城の外濠《そとぼり》を見渡すことができた。海鼠《なまこ》塀《べい》の古い武家屋敷を改築したものだが、白い壁で固めて道場らしい雰囲気を醸《かも》し出していた。辺りはまだ雑木林に包まれており、道場生たちの挨拶の声が響いていた。

稽古を終えた道場生たちが、三々五々《さんさんごご》、散った後に、芳水の姿を稽古場から見た市川真二郎は、しばらくの間、

——誰だろう。

という顔で見ていた。黒い道着のせいか、以前、見たときのような陽気な感じではなかった。それとも、自分が命を狙われる立場であるから、見知らぬ者には警戒しているのであろうか。

「覚えてませぬか？　阿波野芳水です」

「え……」

「昨年の暮れ。うちで……」

芳水が言い終わらぬうちに、市川は旧友にでも出会ったように手を握りしめてきて、

「ああ、その節はお世話になりました。ですが、あの後、実はとんでもないことに……あの名岡っ引・紋三親分も訪ねて来て……」

「そのことで来たのです」

すぐに芳水が返すと、市川は意外な目になって、

「まさか、芳水さんの耳にも……？」

「紋三親分とは旧知でしてな。私も元は町方与力なので、お奉行直々に、色々と聞きましたが、大変なことだったのですな」

市川は一瞬、虚を突かれたような顔になったが、

「はい……昔馴染みと言えるふたりが……無惨にも……」

「その気持ちはよく分かります」

芳水は同情の目で、

「読売にも、今般のことを書かれておったが、下手人はあなたを狙っているかもしれん。だから、奉行所は念を入れて探っておるらしい。大船に乗ったつもりでいればいい」

「かたじけのうござる」

市川は頭を下げて礼を言うと、道場の奥にある自室に芳水を通した。開け放た

れた障子戸の向こうは、緩やかな坂道が見えて、遠くには江戸城の石垣や塀、門や櫓《やぐら》などが並んでいる。

「いい所ですな」

「さる旗本屋敷だったそうです……浪人者の私には贅沢《ぜいたく》ですが、亡くなった『灘屋』が援助してくれてましてな……しかし、恭之助が亡くなっては、もうかような贅沢はできぬ」

「『灘屋』も、『西海屋』に負けず、なかなか良い商いをしていたようだが、実に無念でしょうな。まだまだ、やりたかったことはあろうに」

さりげなく『西海屋』の名を出したが、特に市川は気に留めることもなく、

「ああ。いずれ康江とも結婚するはずだったのに、ふたりとも……私は悔しくて悔しくてしょうがない」

拳《こぶし》を握りしめると自分の膝を叩いて、

「三人で一緒に村を出て、新しく江戸で立派に生きていこう。その夢だけを胸に秘めて頑張ってきたのに……許せません……私は浪人の身だから、仇討《あだう》ちなんぞは考えておらぬが、できることなら……」

復讐したいという言葉は呑《の》み込んで、市川の顔は悲痛にゆがんだ。

「あなたは、『西海屋』文左衛門と会ってるはずだが」

「え……？」

「あなたたちが江戸に来る途中、船上で一緒になったという……うちでは、あの人だけ絵に描かなかったが」

芳水の話に食いつくように市川は近づき、

「やはり……そ、そいつが下手人だったのですかな」

わずかに震える声で言った。自分が狙われていることに心当たりがあるようだ。

「そう睨んでます。神川栄笙さんの話でも、そんなふうに感じました」

「神川……あなたと同じ絵師の？」

「ええ。康江さんはよく通っていたみたいでね。こう言ってはなんだが、絵を描いて貰うには、それなりの金もかかる。よほどの余裕がないと、そう何枚もは……」

「恭之助が出してやったんでしょう。でも、どうして神川さんの所へ？」

不思議そうに市川は訊いた。

「名のある同業者だからな。もしかして、康江さんが訪ねたかと思って」

「ああ……」

「勘は当たってた。それに、この三人が描かれている絵に覚えがないかと思ってね」

「……というと？」

「この台座と裏書きは、たしかに私のものだが、実は絵はこれ、描き直したものなのだ。よくできているから感心したが、誰か腕利きの者がね」

「――神川栄笙が描いたとでも？」

「実はまだ、このことは誰にも言ってないのだ。なぜならば、この絵を描き直した者が殺しに関わっているであろうから、証拠を消されては困るゆえ、まだ俺のこの中だけに秘めている」

「――知らなかった……」

市川は溜息《ためいき》をついたが、それが何の証拠になるのかピンときていない様子だった。芳水はすぐさま、

「あなたはまだ持っていますか」

「え？」

「うちで描いた、この三人の絵です」

「ええ、ありますよ。大事な思い出ですから、ちゃんと取ってあります」

すぐに引き出しの中から、持ち出してきて、芳水に見せた。

「飾っておけばよいのに」

「日に当たると色が褪《あ》せると思って……」

「そんなことはない……でも、今は辛《つら》いことかもしれぬな」

芳水は二枚の絵を並べて比べ、

「ほらね。こうして見ると、全然、違うでしょうが」

「——本当だ……本物の方が鮮やかだし、光の加減も……」

「ええ。絵に光を当てれば、当然、表面がてかりますからな。どんなに上手にやっても、岩絵の具の混ぜ方が人によって違うから、違って見えてくる。でも、これだけのことができる人は、そうそういないはずだ」

「まさか、芳水さんは、神川栄笙さんが一枚嚙《か》んでいるとでも？」

芳水はそれには答えなかったが、

「神川さんほどの絵師ならば、この着色の度合いを見たら、誰が描かれているというより、そっちが気になると思うのだが……それについては、何も語らなかったと桃香がね」

「桃香……？」

首を傾げた市川に、紋三親分の手先だと答えてから、

「つまり、神川栄笙さんは、一度はこの絵を見たことがあるということです……もちろん、これもまだ、誰にも口には出してませんがね」

と、芳水は誰にも言わないでくれと念を押し、もう一度、二枚の絵を比べさせてみた。すると、市川の持っていた絵には、片隅が少し炭か煙草《たばこ》の火ででも焦がしたような痕跡があった。それを目にとめた芳水は、

「真二郎さんは、煙草を吸いますか」

「いえ。私はやりませぬ……何か？」

「いや……」

絵を市川に返した芳水は、改めて裂かれた方の絵を見せて、

「このとき、もうひとりいたのは『西海屋』さんですが、たまさか神楽坂の料理屋で会ったんです……どういうことだと思います？　偶然とはいえ、本当は私がその料理屋に来ているのを知っていたのではないかと、後で思ったくらいです」

「は……？　芳水さんは時々、話があちこち飛ぶから、どういう意味か……」

分かりかねると首を振った市川に、芳水は微笑み返して、

「あなたを狙っている〝第三の男〟は、『西海屋』文左衛門であることを、どう

してもっと早く、あなたほどの人が気づかなかったのかな……と思いましてね」

「……」

「佐賀藩でも剣術指南役をしていて、町道場を開くほどの腕前の剣術使いではありませぬか……『西海屋』と『灘屋』に商売上の揉め事があったことを、あなたは知らなかったのかな」

「いや、薄々は……でも、どれほど深刻かは……もしかして、『西海屋』さんが!?」

「まだ分かりませぬ。でも、それが事実だとしたら、あなたは何ともやりきれませんな……知り合い同士が、下手人と殺された人だなんて、それこそ残酷な話だ」

芳水はまた同情の目になって、

「もう町方役人が身柄を確保しているかもしれないが、とにかく『西海屋』から、狙われることのないよう気をつけて下さい」

と言って立ち去った。

市川は身震いしながらも、静かに芳水を見送っていた。

六

『西海屋』が捕縛されたという報せを、芳水が聞いたのは、深川養生所にある〝やぶさか先生〟こと藪坂清堂宅を訪ねていたときであった。桃香も一緒である。

清堂は南町奉行の大岡越前とも面識があり、時々、検死などを依頼されていた。が、近頃はオランダ渡りの蘭方医学を専《もっぱ》らとする医者もいるから、清堂は断っていた。自分は貧しい人々の命を救うことに生涯を賭《か》けている。元々、死体を改めるのは好きではなかった。成り行き上、手を貸していただけである。

しかも、もう還暦を過ぎた。芳水の父親とは長年の知り合いで、芳水の若い頃も知っていたから、

「こんな仕事はやめた方がいい。奉行所なんてのは世の中の暗闇を抉るような仕事。罪を暴くのは大切なことだけれど、芳水のような絵心がある者が手を染めるものではないわい」

と清堂は常々言っていた。

たしかに、その助言に従って、与力は辞めたものの、生まれつきお節介焼きで、

珍しいものには何にでも首を突っ込みたくなる芳水は、未《いま》だに渋々、頼まれ事をしていた。それゆえ、〝目利き掛〟というものに、自分なりに貢献したいと考えていたのである。

もっとも、清堂も同じ立場だ。芳水は師匠と慕っていたものの、年を取って、〝体力〟がなくなった清堂を見るのは辛かった。少しでも側にいて昔話でもしたいと芳水は思っていたが、うたた寝を揺り起こすように南町奉行所まで連れていった。

詮議所には、憔悴《しょうすい》しきった様子の『西海屋』文左衛門が座っており、先日、神楽坂の料理屋で会ったときの威勢の良さはなかった。その前で、稲葉《いなば》という吟味《ぎんみ》方《がた》与力が拳を振り上げげんばかりに、

「さっさと正直に言え。白状すれば心が軽くなるぞ。さあッ」

「ほ、本当です……私は……何もやっておりません」

消え入るような声で答える『西海屋』に、さらに稲葉が迫った。赤鬼のような強面《こわもて》で居丈高《いたけだか》な態度は、並の罪人ならば小水を洩らして震え上がるほどだった。

「嘘をつくなッ。貴様は『灘屋』に大事な取り引きを横取りされて、困っていた。毎日のように芸者を呼んだりしてドンチャン騒ぎだから、実際は火の車だったこ

とも、こっちは調べてるんだ。おまえの問屋の帳簿もぜんぶ、奉行所で預かってる。それが証拠だ」

「だ、だからって……私がなんで、『灘屋』さんを……」

「おまえが殺したンだ！」

稲葉は唾《つば》を吐きかけるように、相手に顔面を近づけ、

「『灘屋』とおまえは、酒だけじゃない。綿花や菜種油についても、商談が拗《こじ》れて激しい口論をしていたことは、何人もの人が見ている。この阿波野芳水のツテで調べたとおり、江戸の『加賀屋』との話もすべて、おまえの不利に終わった。元々は、おまえが営んでる『西海屋』の方が何十倍も大きな商いをしてたが、如才ない新参者の『灘屋』に押しやられて、やっかんでのことだろうがッ」

「ま、待って下さい……」

弱々しい声で否定する『西海屋』に、稲葉は鼓膜が破れそうな大声で、
と目の前の机を、両手で強く叩いた。『西海屋』はビクンと身を縮めて泣き出しそうになり、鼻水が流れ出てきた。それを拭うこともできないくらい震えている『西海屋』の姿を見て、芳水が割って入った。

「いい加減に吐け！」

「稲葉さん……この人の話も、ちゃんと聞いて欲しい」

「余計な口出しはしなさんな。あんたは奉行所を辞めた人間。命じられたことをやっておればよい。〝目利き掛〟として残された持ち物などから、『西海屋』が殺したという証拠を見つけ出せばいいのだ」

険しい形相で振り向いた稲葉に、芳水は微笑みすら浮かべて、

「おかしなことを言わないでくれ」

「なに？」

「私と桃香は、〝『西海屋』さんが下手人である〟ことの証拠を探すのではなくて、探した証拠の中から、下手人を特定したのだ」

「屁理屈《へりくつ》を言うな」

「本末転倒のことを言うのはそっちだろう」

「なんだとッ」

嚙みつきそうな顔になって、稲葉の口元がピクンと動いた。芳水はそれを見て手を挙げ、

「まあ、まあ。興奮しても物事の真実は見えん。むしろ、見失う。よいかな、私が妙だと思うのは……」

と前のめりになると、他の与力や同心たちも前のめりになって聞いた。

「この『西海屋』さんと、神楽坂の料理屋で会ったことだ。なんで、あんな所で会ったのか、ずっと心に引っかかっていたのだ」

「たまたまのことではなかったのか」

「偶然……と言えばそれまでだが、私が芸者の菊奴に会うと決めたのは、紋三親分から色々と話を聞いた後のこと」

「だから？」

稲葉が不機嫌な顔のままで聞き返すと、芳水は『西海屋』に向かって、

「あんたは、なんで神楽坂に来たのだい」

「え……？」

言っている意味が分からない表情で、『西海屋』は芳水を見上げ、

「どうしてって……菊奴に呼ばれたからですよ。あの日は仕事で神田《かんだ》に出向いていて、ある料理屋で取り引き相手と食事をしていたところに、菊奴の使いの者が来たんだ」

「菊奴が？」

「その店にいることを、どうして知ってたのかな、菊奴は」

「それが不思議なんだよ。でも、菊奴の使いという男が来て、駕籠《かご》まで連れてて……」

待ち合わせた『美山』という料理屋まで行ったというのだ。その『西海屋』の話を聞いた芳水は、やはり妙だと首を傾げて、

「だが、菊奴は……『西海屋』さん、あんたには悪い気がするが……嫌な客が来たと座敷に出たがらなかった」

「そ、そうなんですか……」

「金は落とすかもしれないが、菊奴にとってはあまりいい客ではなかったようだな。だが、俺はあんたの名前を聞いて、呼びつけた。そしたら、あんたは覚えていて、とても懐かしがってくれたが……」

「え、ええ……」

わずか二、三日前のことである。忘れることのできない夜だった。『西海屋』はそう言ったが、芳水も同様で、

「後で考えたら……実に妙だと感じた。もしかしたら、『西海屋』さん……私とあんたが会ったのは、仕組まれたことかもしれん。そう思ったんだ」

「仕組まれた？　どういうことだ」

口を挟んだのは稲葉だった。

「おまえたちふたりを会わせたからって、何があると言うのだ」

「だから、俺も考えてたのです。菊奴は突然、『西海屋』さんに他の客のために出向いた座敷にまで押しかけられてきて困っていた。それが嘘か本当か、稲葉さん……きちんと調べてみる必要がありますな。駕籠人足も探し出して、事情を聞いてみなきゃなりますまい。誰が何のためにそんなことをしたか、それが事件を解決する糸口になります」

芳水は念を押すように言って、改めて例の三人で描かれている絵を見せた。

「これは実は、私が描いたものではない」

「何を言い出す。ちゃんと、裏書きも……」

「まあ最後まで聞いてくれ」

絵を『西海屋』を含めて三人の前に置いて、芳水は続けた。この絵は誰かが巧みに後で描いたものであること、それをわざわざ持たせて〝殺し予告〟のように見せ、市川をおびえさせていることを話して、

「もし、稲葉さんが言うように、『西海屋』さんが『灘屋』さんとの商売上の揉め事から、彼を憎んだとしたら、どうして市川まで狙わなければならないのでし

よう」

芳水の問いかけに、傍《かたわ》らから、ずっと黙っていた清堂が口を挟んだ。

「市川とやらは、『灘屋』とは同郷の出で、無二の親友だと聞いたが……実は、その事情を知っていたからではないか。そして、康江を殺したのは、やはり何らかの事情を知っていたか、探索を混乱させるためであろう。他に下手人がいるように見せかけるためのな」

「他に下手人がいるように……なるほど。そこは重要なことですな、清堂先生」

芳水はしっかりと頷いて、

「本当の下手人は、『西海屋』さんを下手人に仕立てようとしたのではないか。だから、わざわざ絵に刃物のようなもので、顔を刻んでまで、この三人に恨みがあるように見せかけたのではないか」

「何が言いたい」

「『西海屋』さんも、それに利用されたとも考えられる……ということだ」

「誰に、何のために」

「それは、これからだが……俺は『西海屋』さんを解き放ってよいと思うがな」

「ならぬ。それは、ならぬ」

稲葉は怒りの目で芳水を睨んでいたが、『西海屋』は藁《わら》にも縋《すが》る思いで、目の前の三人を眺めて打ち震えていた。

七

〝目利き掛〟は町奉行所定町廻り方に属する。だが、詰め部屋は、奉行所の表である役所と、奉行の役宅との間にある、炭小屋だった所を改築されたものらしい。

そこには、将軍吉宗が集めていた顕微鏡や遠眼鏡《とおめがね》、写し絵、指紋や掌紋、足跡、血痕《けっこん》、銃創など様々な残留証拠を見極めるための薬剤などが所狭しと置かれてあったが、繊細な作業をするには物足りなかった。風通しも悪く埃《ほこり》っぽい。

もっとも、当時、今の鑑識のような科学知識があるわけではない。ただ、人の手形や指紋が、証文などでも重要だったように、人を特定する証拠のひとつとして使われていた。

桃香は、ここに籠《こ》もりっきりで顕微鏡に張りついて、何やら絵に付着していた微細なものを検査していたが、

――こんな状態の部屋では、初めから着いていたものか、ここで着いたものか

の判別をつけるのも難しい。

と感じていた。

「まったく……我が藩邸の方が、もっと清潔で、分かりやすいと思うわ……」

桃香は不満だったが、自分の身分を明かすわけにはいかぬ。此度は、紋三に頼み込んで、〝目利き掛〟の真似事をしているので、文句は言えなかった。

残留物からは、下手人の仕事や住んでいる所などを推し量ることができる。それが埃や煤《すす》のような微細なものであればあるほど、分かるというものだ。着物の糸くずや毛髪、草花の種や胞子、土埃、動物の糞尿《ふんにょう》の飛沫《ひまつ》であっても、詳細に調べることによって、下手人と被害者を結びつける一助となるのだ。

殺されたふたりが、手に握らされていた絵の印画紙は、芳水が使っている和紙と違って随分と安物である。芳水が作ったものかそうでないかは一目瞭然である。

桃香はその台紙に付着している微量の繊維や染料を調べていたのだ。

「どうだ、分かったかね」

見守っていた芳水が訊くと、桃香は宝物でも見つけた子供のように嬉しそうな顔で、

「何度も漉《す》いて幾重にもなった層の紙によって、染料を付けたときの日の当たり

方に差ができたので……微々たる違いだけれど、先生のとは違う絵だと判断できると思います」

「うむ……」

「それに、定着した後に、芳水先生は耐久を良くするために二度塗りをするけど、これは紙に含まれている澱《おり》をキチンと取り除いてないから、金粉が定着しにくくなってます」

「なるほど……」

「確かに疎《まば》らになって、仕上がりの色合いが少し悪いな」

「ええ。蛙の肌みたいに、紋様が歪《ゆが》んでますよね」

「こんなものが、私の贋物《にせもの》として出廻ったとしたら、たまったもんではない。ましてや、殺しに使われたとは、由々《ゆゆ》しきこと」

「でも、逆に大きな証拠になりますよ。しかも、この絵につけられた刃物の傷からは、微量だけど、先生の紙とは違う小さな繊維と染料が見つかった」

「繊維と染料……？」

「はい。おそらく下手人は、この絵を刃物で裂いたんじゃないでしょうか。その刃物は日頃、使っているもので、絵草紙など袋綴《ふくろと》じの本を切った際に付いたと思われます」

「絵草紙……？」

「でないと、ここまで着かないでしょう。おそらく、下手人が使っている青黒い染料が、飛び散ったかなにかで、着いたのかも」

「ということは、下手人は自分の部屋で、予《あらかじ》め切り裂いた絵を用意して、康江や『灘屋』を殺し、その手に握らせたと？」

「そう考えられるかも」

「……康江と『灘屋』は、自分の絵を持っているはずだが、奉行所の調べでは見つかってはおらん。わざわざ、贋物の絵を作ってまで、こんな〝小道具〟を置いたということは……」

「下手人は、康江と『灘屋』が三人一緒に描いた絵をなくしたか捨てたか……ということを知っている奴ということですよね」

　桃香は明らかに、残りのひとりである市川が怪しいと思っている。

「この絵のことを知っている者は、限られてます」

「しかし、それなら『西海屋』さんも一緒ではないか」

「付着していた紙の繊維と染料が、どちらのものか特定できれば、大きな証拠になるのではないですか？」

真顔になった桃香が、すぐにでも市川の道場や屋敷を調べるべきだと言ったとき、

「なるほど。そういうことか」

と重厚な声が背後からして、着流し姿の大岡越前が入ってきた。奉行所内であるから不思議ではないが、突然だったので、ふたりとも驚いて恐縮した。

大岡は一瞬だけ、桃香の顔を「ん？」と見やって、

「何処ぞで会《お》うたような……」

と言った。が、すぐに桃香は、紋三の下で修業していると答えたので、讃岐綾《さぬきあや》歌藩《うたはん》の若君であることは気づかれなかった。

「芳水……またまた好色の虫が湧いてきて、かような若い娘に……なんという恥知らずなことを……」

自制するようにと大岡は言った。

言い訳しようとする芳水を制して、険しい顔で、

「やはり……市川真二郎が怪しいのだな」

と大岡は決めつけたように言った。市川の存在を聞いたときから、大岡は怪し

いと踏んでいたという。

「いえ、それはまだ分かりませぬ」

芳水は断言するのは早いと首を振りながら、

「勝手に決めつけて、早手廻しに事を急ぐと、思わぬ失策をしてしまいましょう」

「おぬしに言われるまでもない。だが、捕縛の準備はしておかねばなるまい。本当のところを、篤《とく》と話すがよい」

「ですから、まだ……疑わしきは罰せず、はお奉行の真骨頂でございましょう」

「むろん、そうだ。が……」

大岡はさらに厳しい表情になって、

「よく聞け。どんな悪党でも、きちんと法に基づいて、正しい証拠によって罪が定かになったとき、ようやく責任を取らせることができる。だがな、お上に楯《たて》を突くならば別だ。事前に処せねば、後の祭りとなる」

「えっ……!?」

芳水も桃香も目を丸くして、大岡を見た。

「御公儀にとって、何か大変なことをしでかしたのですか」

「しでかした……とは言えぬが、そういう噂もある」

持って廻った言い方に、芳水と桃香はたじろいだ。

「……ただの殺しではないのですか……お奉行はだから端《はな》から、市川真二郎が怪しいと睨んでたのですか」

立て続けに聞き返した芳水に、静かに大岡は言った。

「証拠集めは大事だが、推察することも忘れてはなるまい……であろう、女岡っ引殿……それを上様も期待しているのだと思うぞ」

まるで、吉宗も大岡も、桃香の素性は百も承知のような目で言った。

「むろん、人を人として重んずるがため、想像だけでモノを言ってはならぬ。ましてや、証拠もなしに罪人扱いをしてはならぬからこそ、きちんと確たるものを……な」

「は、はい……まだ推察の証拠に過ぎませんから、凶器がはっきりするとか、凶行を見た人がいるとか、殺した理由も正確に調べないと、下手人と決めつけるわけにはいきませんものね」

「そのとおりだ、桃香……とやら。せいぜい、紋三に恥をかかせぬよう頑張るのだな」

なぜかカッと頬が赤くなった桃香を、芳水は不思議そうに見ていた。

八

その日のうちに、『西海屋』は〝証拠不十分〟ということで釈放された。だが、お上に泳がされているのではないか、という噂も立っていた。

競々《きょうきょう》としていたのは市川である。

——『西海屋』の疑いが全て晴れたわけではない。気をつけろ。

という文が、芳水から届いていたからである。

夜には、道場に門弟たちが数人集まって、市川の身を守っていた。『西海屋』の手の者が襲ってくるかもしれないと危惧《きぐ》していたからだ。『西海屋』でないとしても、本当の下手人は別にいて狙ってくるかもしれぬ。

「奉行所もいい加減だな。『西海屋』が下手人でないとしても、下手人が見つかるまでは牢屋に入れておけばよいものを」

「俺たちが先生を守ろうではないか」

「ああ、返り討ちにしてくれる」

「そうだとも。先生はただの浪人ではない。これまでも、我々、同じ浪人のために身を粉にして働いてくれた。貧しい者たちには食べ物や着物を分け与え、雨や雪、大風を凌《しの》ぐために道場を開放してくれた。みんな、御恩を忘れていません」

門弟たちは心から、市川の身を案じていた。

その門弟たちの前で、神棚に向かって深々と祈りを捧げてから、市川は自室に戻った。その直後、大きな悲鳴が上がった。同時に、壺《つぼ》か何かが割れるような音がした。

「まさか……!?」

驚いた門弟たちが、市川の部屋に駆け込むと、障子が明け放たれていて、床の間にあった壺が割れている。行灯《あんどん》の下には鮮血が飛び散っていた。床には、市川が倒れていて呻《うめ》いている。

「先生!」

狼狽《ろうばい》しながらも、門弟たちが声をかけて近づくと、市川は起き上がって、

「大丈夫だ……掠《かす》り傷だ……それより、奉行所に報せてくれ……何者かが奥の寝間に潜んでいて、いきなり……」

と腕を見せると刃物で切られた傷から血が流れていた。門弟がすぐに止血をす

る一方で、他の門弟が近くの自身番に向かった。

「まさか……襲ってきたのは、『西海屋』ですか」

手当てをしている門弟が訊くと、

「そのまさかだ……この行灯で、はっきりと顔を見た。まったく、奉行所は何をしているのか……しかし、私としたことが、ふいをつかれて不覚を取った……おのれッ」

悔しそうに市川が答えたとき、出て行ったばかりの男の門弟たちが、自身番番人ふたりと一緒に戻ってきた。

なぜか紋三と桃香が一緒だった。

「門前仲町の紋三ってもんです。丁度、そこの自身番にいたものでして」

よく聞く名だと思い、市川は安堵《あんど》と不審が入り混じった表情になって、

「紋三……おぬしが、どうして……」

「芳水さんから頼まれましてな。あっしも『西海屋』を探ってたもんで。岡っ引根性で、じっとしてられず……」

「そうであったか……」

市川の側に寄って、桃香は傷を見ながら、

「大丈夫ですか。たった今、門弟さんから聞きましたが、襲ってきたというのは……」

「ええ。たしかに、『西海屋』でした。そのことを、話していたところなんです」

同意を求めた市川に、門弟たちは頷いた。桃香はしかと頷いてから、

「その傷は『西海屋』が刃物で？」

「ああ……」

「凶器は持って逃げたのですね」

「分からぬ。いきなり、その壺で頭を叩かれ、そして刺そうとしてきた。なんとか避けたが、この様《ざま》で……」

市川は手当てをされかかっている腕の傷や頭のたんこぶを見せた。

「なるほど。裏庭に飛び出て立ち去ったとすれば、後で奉行所が調べれば、足跡《あしあと》が分かるでしょうから、証拠になりますよ」

「足跡……」

「ええ。裏庭は粘土みたいな土だから、よく残っているはずです」

桃香が言うと、紋三はすぐ自身番番人たちに「見てこい」と命じた。番人たちは蠟燭《ろうそく》を掲げて出ていった。

「──おや……？」

　首を傾げて、桃香は床の間の暗がりに落ちている刃物に目が留まった。刃渡り二寸ほどの刃物である。刃先に血がこびりついている。それを手拭いで包み込むようにして拾った桃香は、

「下手人が落としていったものかな。これで、市川さんの腕を刺したのね」

「……だと思います」

「これも証拠品として預かるが、よいな」

　今度は紋三が言うと、市川は素直に頷いた。

「大事な遺留品だ……康江さんと『灘屋』さんふたりを殺した凶器は見つかってなかったからな。この刃物から、掌紋もしくは指紋が採れるかもしれぬな、桃香」

「掌紋……指紋……？」

「持ち物には人の手の脂がついて、よく調べると識別できる。人によって、この渦の形が違うから、この刃物の持ち主が、下手人である確かな証拠となるということで」

「そんなことが……だが、それなら私も触ったかもしれない」

「しっかり握ったのですか。この様子から見ると、あなたに制されて、下手人が落としていっただけのように見えたが」

紋三はそう言いながら、裏庭に浮かんでいる蠟燭を見やった。すぐに、自身番番人たちが戻ってきて、

「裏庭にも、足跡らしきものは何も残っておりやせん。妙でやすね。ここから飛び降りたら、かなりの重さになるから、くっきり足跡がつくと思うのですが」

「ない！　そう……やはりないのね」

なぜか嬉しそうに桃香の方が、市川を振り向きながら、

「天狗《てんぐ》みたいに空を飛んで逃げたのでしょうか。そんな馬鹿げたことはありませんよねえ……どういうことでしょう、市川さん」

「はて……」

「本当に、『西海屋』さんだったのですか」

「間違いない。この目でたしかに」

断言する市川に、紋三もキッパリと言い返した。

「『西海屋』が、ここに来るはずはない。南町奉行所にいるのでね」

「えっ……」

「解き放ったというのは、嘘だ」

紋三はじっと相手を見据えたまま続けた。

「偽物の文を届けて申し訳なかった。けど、こうすりゃ、あんたは必ず、一芝居打つと俺は見抜いてた」

「！……」

「桃香。分かるように話してやれ」

振り返って声をかけると、桃香はハツラツとした顔で、文机の上の竹製の刃物を見つけて手にした。傍らにあった絵草紙も抱えるように持って、

「これも預かりますね。たぶん……三人を描いた絵を切り刻んだ刃物はこれでしょうからね。おそらく、この本の袋綴じを切り裂くのに使っていたんでしょうが、絵にわずかについていた紙の繊維と一致すると思う」

「紙……」

「ええ。刻んだ絵に、こびりついていたのです……つまり、あなたがやったという証拠になるのです」

「……」

「そして、描き直した絵の紙質や着色の技法などから、神川栄笙先生を問い詰め

たら、あなたに頼まれて描いたと白状しました。私が訪ねたときに何も言わなかったのは、自分も殺しの仲間だと思われたくなかったからだって」

「……」

「もちろん、まさか、こんなことのために使うとは、神川先生とて思ってもなかったらしいけどね」

「何の話か、私には……」

市川は誤魔化すように首を振ったが、その場にいた門弟たちの顔にも、俄《にわか》に不信感が広がっていた。

紋三は一同を見廻しながら、

「若き門弟たちをガッカリさせるのは、もうやめたらどうです」

と諭すように言った。

「あなたが持っていた、芳水先生が描いた絵は一部が日焼けしたようになってやした。あれは煙草か何かで焼けたのだと思った。それで俺は感づいた。あんたが、自分が下手人ではないと、奉行所を攪乱《かくらん》するための〝小道具〟に使ったと」

「……」

「康江さんと『灘屋』さんは、祝言を取りやめたから、あの絵も捨てただろう。

だから、わざわざ同じのを描いてまで、自分が狙われていることを示す証拠とした……それで、事件が曖昧になればよかったのだが……芳水先生とこの桃香は、意外としつこかっただろ？」

「……」

「料理屋『美山』に、芳水先生が行くことを知ったあんたは、菊奴が呼びつけたことにして、『西海屋』さんを料理屋まで行かせた……同じ芸者を知っていたことは、江戸で話題になってたからね。あんたは、それを思い出したんだろ」

紋三の語気は少しずつ、強くなってきた。

「あんたは、奉行所が探している〝第三の男〟が、『西海屋』さんであることを、芳水先生が推察すると予想した。そうなれば、奉行所は必ず、『西海屋』さんに嫌疑を向ける……あんたはそこまで読んで、事を起こしたのだろうが、今夜の芝居は余計だったな」

「……」

「どうでえ。康江さんと『灘屋』さんを殺したのは、あんただろうが。この際、潔く、白状しなせえッ」

責めるように言う紋三に、市川の怪我《けが》の手当てをしていた門弟が、

「やめてくれ」

と悲痛な声を漏らした。

「おまえら……市川師範の何を知ってるのだ……市川師範は、康江さんや『灘屋』さんと違って、金や名誉だけを大事にする欲の塊の人とは違った。本当に自ら汗して働き、侍としての道を説き、いつかは自分が生まれ育った貧しい村も、よくしようと大きな夢や志を持っていたのだ」

「夢や志……」

「そうだッ。しかも、康江さんは隠れキリシタンなのだ。なのに、色気で男に迫って身分の高い人に取り入り、その妻の座を狙ってた。『灘屋』さんは人を陥れてまで、自分の商店を大きくして贅沢三昧《ざんまい》をしているくせに、市川師範が求める米一俵もくれなかった……貧しい人々に富を分け与えるのは馬鹿のすることだと」

「……だから、ふたりを殺したとでも？」

「違うッ。私は……市川師範が人殺しなんかするとは思ってない……誰かが、天罰を与えたんだと信じてる」

「天罰……」

その言葉に、紋三と桃香は違和感を抱いた。

「私は……子供の頃から、市川のことを尊敬しておりました……藩を辞めてから、自分ひとりで、恵まれない人々に救いの手を差し伸べていた。たとえそれが……お上に逆らう考えであっても」

その門弟が涙ながらに訴えると、市川は深く長い溜息をついて、

「――もういい……もういいのだ……紋三親分の言うとおりだ……私はごらんのとおりの貧しい道場主……いや、本当は藩の剣術指南役を辞めさせられたダメ男だ……」

「……」

「だが、幼馴染みで、一緒に苦労をしてきた康江と恭之助が、すっかり変わってしまって……それが私は許せなかっただけだ」

「だとしても、何も関わりのない『西海屋』さんを巻き込むことはなかった」

紋三が声をかけると、市川は鼻で笑って、

「ふん……あいつも同じ穴の狢《むじな》だ……道場の援助を求めると……貧乏人は死ねと言いやがった……神や仏に縋《すが》りたいなら、すぐにあの世に行けばいいと……神様に救って貰えばいいと」

と少し意味不明なことを語った。

「それにしても、大変な間違いをしたものだな。あんたには、人に剣術を教える資格はない。いや、人としても……」

紋三がじっと見つめて頷くと、駆けつけてきた町方同心が市川を捕縛した。

「人として……」

「ああ。人として、な……もしかして、あんたは……」

何か言いかけて紋三は口を閉じた。だが、桃香は察したように、

「やはり、あなたは噂どおり……」

と呟くと、市川は静かに溜息をついて、小さく頷いた。

「──取って食べなさい。これは私の体である……みな、この杯から飲みなさい。これは罪が赦《ゆる》されるように、多くの人のために流される私の血、契約の血である」

マタイ二十六章に記されている、イエスの最後の晩餐《ばんさん》の言葉を、市川は訥々《とつとつ》と洩《も》らしたが、それは空《むな》しく儚《はかな》い声だった。国禁を犯した罪も重なるであろう。同心に連れ去られる市川は、ふいに込み上げてきたのか嗚咽《おえつ》となった。

見送って道場から出てきた紋三と桃香の頭上には、不気味なほど青い月が、ぽ

っかりと浮かんでいた。

第四話　若君大災難

一

「困ったものじゃ……のう、久枝殿《ひさえ》」

讃岐綾歌藩《さぬきあやうたはん》の江戸家老・城之内左膳《じょうのうちさぜん》は、家臣の小松崎《こまつざき》とともに、真剣な顔つきで迫っていた。

久枝とは、奥女中頭で、桃太郎君の幼い頃から身の周りの世話をしており、――〝若君〟は女であることを知っている数少ない人物である。

「今日も若君は、奥に引っ込んだままだというが、顔を見せるよう進言して貰《もら》いたい。でないと、儂《わし》の立場もある」

城之内はいつもの横柄な態度で、久枝に迫ったが、

「私も若君には常々、申し上げておりますが、日頃の職務はキチンと全うしてお

りますから、奥で書を読んだり、文をしたためたりするのを咎《とが》め立てするわけには参りません」

「だがな、近頃は、儂の顔もろくにご覧になられぬ。まるで汚い塵芥《ちりあくた》か、野良犬でも見るような目つきでのう」

「若君も年頃ですのでね、綺麗《きれい》なものだけ見ていたいのでしょう」

「なんと。儂が汚いとでもッ」

「城之内様を嫌っているわけではありませぬ。ええ、いつも世話になっていると、私には話しておいでです」

「まことか」

「嘘《うそ》を言っても仕方がないでございましょ。若君は我が藩を継ぐ御仁ですので、ただの御輿《みこし》ではなく、しっかりとした考えを持ち、責任のある行いをするがため、今は勉学に励んでおいでなのです。ですから、城之内様もそうやっかみばかり言わずに、ドンと腰を据えて見守って下さいませ」

「――皮肉としか聞こえぬがな……」

　鼻息を荒くして城之内は、久枝の顔をじっと見据えて、

「よいかな。篤《とく》と聞かれるがよろしかろう。実は、明日、我が綾歌藩にとって一

大事が起こるのじゃ」

「一大事……？」

「さよう。公儀大目付《おおめつけ》の朝比奈丹波《あさひなたんば》様がいらっしゃる。病床にあられる我が藩主・松平《まつだいら》讃岐守へのお見舞いということだが、実は……桃太郎君を奏者番《そうじゃばん》に推挙するという報《しら》せを持ってくるとのことだ」

「奏者番に……！」

さしもの久枝も腰が浮きそうであった。

桃太郎君の父上は、かつて若年寄《わかどしより》や奏者番の職にあったが、公儀の慣習によって親藩は幕府重職から外されている。吉宗《よしむね》のいとこが正室であるから、仕方がないことだ。だが、色々と根廻《ねまわ》しをして、格式ある讃岐綾歌藩藩主が奏者番の役職になる手筈《てはず》となったのだ。

「殿が病床にあられるということは、桃太郎君が代わりに務めるということだ。これは、名誉なことではないか、久枝殿」

「ええ、ええ。それはもう……」

「だが、若君はなぜか幕府の役職に就くのを嫌がっておる。親藩に相応《ふさわ》しくないとか、国元を豊かにするのが先だとか、父上に気遣いをしてるとかおっしゃるが、とどのつまりは怠けたいだけでござろう」

「そんなことはありません。若君は何事にも前向きに取り組み、殊に民百姓の恵まれない人々のことを気にかけておられます」

「そうかのう。儂には、余計なことに首を突っ込むことしか考えてないように見受けられますがのう」

「えっ……」

久枝は声がひっくり返った。

桃太郎君が町場に出て、桃香《ももか》という町娘になり、紋三《もんぞう》の手伝いをして十手御用に精を出していることは、誰も知らないはずだ。もちろん、目の前の城之内もだ。なのに、どうして、そのようなことを言うのかと、久枝は気になったが、杞憂《きゆう》であった。

「時折、読売《よみうり》を読んで下情に通じるのはよいことだが、殺しの事件などを見るや、あれこれと下手人が誰かと詮索したりしておる。あれはもう、一国の藩主のすることではない」

「まだ藩主ではございません」

「いずれはそうなる身分の御方だ。今から、殿様としての自覚を持って貰わねばならぬ。ふわついた気分では、何事もまっとうすることができぬゆえな、奏者番という立派な役職に就くことで、気持ちを改めて貰いたいのだ」

奏者番とは江戸城中での儀式などの折に、将軍と諸大名の間を取り持つ重要な役職である。有職故実《ゆうそくこじつ》に通じているのは元より、藩主の名や官位なども広く覚えておき、明朗な言葉遣いで伝えなければならない。大変な間違いをして御家断絶になった事例もある。

「それほど大事なお役目ゆえ、日頃からの勉学はもとより、剣術や槍術《そうじゅつ》などの武芸によって体を鍛え、同時に弁舌をよくする稽古も積み重ねねばならぬのです」

「たしかに、若君ならば、そつなくやってのけると思います。でも……」

と久枝は言葉を濁した。

「でも、なんだ」

「なんというか……若君は、女のような繊細な気持もありますれば、あまり人前に出て疲労するような役職はどうでしょう……」

「人前、結構ではないか。殿様だからといって、奥に引っ込んでおっては、家臣のためにもならぬ。ましてや藩の先々のことを考えれば、上様にお引き立て願い、御家安泰を成就するのが、殿様の務めでもあろう。儂も江戸家老として、惜しみなく尽力する所存。さればこそ……」

「ああ、もう分かりました」

ほっとくといつまでも喋《しゃべ》るので、久枝は両手を掲げて止めて、

「私からも、お伝えしておきます」

「いや。儂が直に話す。でないと、明日、大目付様が来るのだからな、明日だぞ」

「いえ。私から伝えておきますので……」

「ならぬ。儂から……」

と言いかけて、城之内はまた疑わしい目になって、

「もしや、またぞろ屋敷から出たのではあるまいな。奥で休んでいると言いながら、実は町場に出ていたことは、これまでも何度かあったこと」

何度どころではない。毎日のことだと久枝は喉まで出かかったが、必死に押しとどめた。近頃、とみに勝手に出かけることが増えて、久枝自身も困っていたからだ。

「どうなのだ、久枝殿！」

「分かっております。明日の大目付様……朝比奈丹後《たんご》様でしたね」

「丹波様じゃ。間違えるな。奏者番なら、それを間違えただけでも、大変なことだ。よいな、久枝殿。藩の命運がかかっておる。なんとしても、明日は若君に姿を見せて貰いますぞ。よろしいな！」

激怒に近い声で、城之内が命じるのへ、久枝はハハアと平伏した。

その頃――。

案の定、桃太郎君は本所菊川町《ほんじょきくかわちょう》の江戸上屋敷から抜け出して、富岡八幡宮《とみおかはちまんぐう》の境内や表参道をぶらぶらと歩いていた。

縁日でもないのに、通りや路地に屋台が並んでおり、老若男女、善男善女が繰り出してきて楽しそうにワイワイガヤガヤしている。この雰囲気が好きで、桃太郎君も目を細めて眺めていた。

丁度、〝おかげ横丁〟の入り口まで来たとき、甘味処の『観月堂』の床机に座って、最中《もなか》を頬張りながら、お汁粉を啜《すす》っている紋三の姿が目に留まった。

「紋三親分がぼさっとしてるということは、事件がなくて、平穏無事だということ。これは、めでたいめでたい」

桃太郎君が少し低めた声をかけると、紋三は「えっ」という顔を上げた。

今日はまだ『雉屋《きじや》』で町娘の姿に着替えてないから、分からなかったのだ。若君姿で、供も連れずに散策しているので、

「大丈夫でやすかい？」

と紋三も思わず返事をした。

桃香であることは分かったが、めったに見ない姿だから、なんとも奇妙な感じがしたのだ。しかし、紋三が見ても、若君の姿も板についているということだ。まさか、白綸子《しろりんず》の羽織袴《はおりはかま》の下には、若い娘が包まれているとは誰も思わないであろう。

そこから、ぶらりと大横川《おおよこがわ》の方へ向かって、海風に当たりながら、道端に並ぶ屋台を冷やかしていたときである。

橋の上に、小さな子を連れた母親の姿が、桃太郎君の目に入った。

いかにも貧しそうな継《つ》ぎ接《は》ぎだらけの身形《みなり》で、母親の髪は乱れており、五歳くらいの男の子はガリガリに痩《や》せて、顔が薄汚れている。何日も食べ物を口にしていないのか、足下がふらふらしている。

「――すまないねえ……お父っつぁんが、あんなことになったばかりに……おまえにまで苦労させて……」

「おら、死にたくねえよ」

「大丈夫だよ。向こう岸には、じい様やばあ様も待っててくれるから、一緒に遊んでくれるよ。さあおいで」

「いやだ、いやだ。おら、死ぬ前にせめて大福くらい食いてえ」

とうとう子供は泣き出して、その場に座り込んだ。だが、母親は子供の細い手を摑《つか》むと、エイヤとばかりに抱えて、自分も一緒に川に飛び込もうとした。

「いやだよ、いやだよ」

足をばたつかせる子供を胸でギュッと抱きしめると、母親は無様な格好で欄干を越えようとした。そこへ、

「やめなさい！」

駆けつけてきた桃太郎君は、考えるよりも先に母親を抱きとめ、子供を引き離した。

「何があったか知らないが、馬鹿な真似《まね》はよしなさい」

「あっ。放して下さい」

「子供が可哀想《かわいそう》ではないか。とにかく落ち着きなさい。私にできることなら、何でもしよう。さあ、しっかりして—

　桃太郎君が母親の両肩を揺すると、少し気分が変わったのか、大きな溜息《ためいき》をついて、ううっと情けない声で泣き出した。息子も心配そうに見ている。

「――お、お金がないんです……亭主が博奕《ばくち》で借金だらけの上に、肝の臓を悪くして死んでしまいました」

「だからといって無理心中は相ならぬ。命を大切にしろ！」

「でも、借金取りが次々と押し寄せてきて、金が払えないなら、私を身売りさせると……そんなことは嫌です。私がこんなだから、子供だって、もう生きてても仕方がありません」

「生きてても仕方ない、なんて絶対に言ってはだめだ。さあ、ゆっくり話を聞いてあげよう。そこに、蕎麦《そば》屋がある。そこで温かいものでも食べてから……」

　と優しい声で桃太郎君が慰めていると、ふいに男が現れて、さっと金を差し出した。男の手には小判が数枚ある。

「話は聞かせて貰ったよ」

　いかにも成金という雰囲気の三十そこその男で、妙に冷めた目をしている。二枚目の役者とまではいかないが、それなりに商売を成功させてきたのであろう。自信に満ちた顔をしており、人を見下すような態度であった。

――嫌味だな……。

桃太郎君が抱いた印象だが、

「命を捨てる覚悟がありゃ、何でもできる。さあ、その兄さんが言うとおり、あったけえものでも食いな。そしたら、また気も変わる。そしたら、また頑張れる」

と、その男は説教して、惜しげもなく小判を母親に握らせた。

「借金は幾らあるんだ……ほう十五両。それっぽっちの金で死ぬとは、割りに合わないだろう。これも持っていけ。借金返して余った金で、内職の足しにでもしな」

ぞんざいな言い草だが、成金っぽい男は、さらに封印小判を握らせた。貧しい母親は、何か罠《わな》があるのではと疑うほどであったが、男は殊更、恩着せがましくもなく、

「私にとっちゃ端金《はしたがね》だ。気にすることはないよ。遠慮はいらないぞ」

言いながら男は、子供の額に手をあてがい、

「頬が赤いからと思ったら、少し熱があるようだ。医者に診て貰って、滋養のつくものでも食べな。帰る家がないなら、深川《ふかがわ》養生所の藪坂清堂《やぶさかせいどう》先生に頼むがいい。

ああ、そこの向こうの先の……龍泉寺《りゅうせんじ》ってとこが、その養生所だ。ほれ、ちゃんとしな」

と親切を施すのだった。

戸惑いながらも、命を救われ喜んで立ち去る親子の姿を見送りながら、桃太郎君はポツリと男に言った。

「金をやればいいというもんではない、と思いますがね」

「じゃあ、どうするんです？　放っておけないなら、ちゃんと最後まで面倒見るべきだろうが。ま、おまえ様もとっさに助けに入ったんだから、悪い人間じゃなさそうだ」

「……」

「よく見りゃ、なかなかの美男子。気《き》っ風《ぷ》も良さそうだ。どうだ、その辺りで一杯」

「いや、結構……」

「まあ、いいじゃねえか。ここで人助けしたのも他生の縁。『命を大切にしろ！』って言ったおまえ様を気に入ったんだよ」

「誰でも言うでしょう」

「見れば、大小を腰に差して、どこぞのお武家の若様のようだが、俺のような町人とじゃ盃は酌み交わせないと？」

「そういうわけではないが……」

桃太郎君は困ったように、相手を見た。

「心配するなよ。こっちも、そっちの方じゃないよ」

男は掌《てのひら》を返してシナを作った。

「私だって、違いますッ」

ムキになった桃太郎君を、何がおかしいのか、男は大笑いした。

二

「命を大事にしろ……か。本当に大事にしなきゃな。人間、いつ何処でどうなるか分かったもんじゃねえからな」

しみじみとそう言って、男は銚子を傾けた。安居酒屋で、目の前には桃太郎君がいる。強引に手を引いて、大声で誘うので、もし小松崎でも探しに来ていて、見つかればまずい。仕方なくついてきたのだった。

酒は飲めなくもないが、さして強くない。何より若君の姿のまま町場にいるということが、どうも落ち着かなかった。

「あ、そうだ……まだ名前も聞いてなかったな、若君」

「え……」

「どこぞの若君なんだろう。そういう高貴な顔だちをしてる。俺は『日向屋《ひゅうがや》』という、深川で指折りの材木問屋の主人で、権兵衛《ごんべえ》という。なかなか強そうな名前だろう？」

「ああ、そうですな」

「若君の名前はなんと申されるのですか」

「そう若君若君というな……」

「なるほど。身分のある御方ならば、名乗るのも憚《はばか》られますな。では仮に、桃太郎とでもしとくかい？」

権兵衛と名乗った男が適当に言うと、桃太郎君は飲んだ酒を噴き出しそうになった。

「まさか、私の名を知ってるのではあるまいな」

「えっ、本当にそうなのかい？」

「いや……綽名《あだな》だ。如何にも優しそうで、桃太郎って感じであろう……実はな、私は捨て子で拾われただけだ。盥《たらい》に乗せられて、隅田川《すみだがわ》を流れていたそうな」

とっさに嘘をついたが、権兵衛の方は素直に信じて、

「そりゃ、いいお武家様に拾って貰われやしたねえ……人の情けってなあ、ありがたいもんでござんすねえ。お陰で、若君になれたのですから、よろしゅうございました」

これまた、しみじみと言った。

「私は商売人ですから口が堅い方です。大丈夫、誰にも言いませんよ」

「それにしても、昼間から酒とは、その方、よほど優雅な暮らしぶりなのだな」

「ええ、まあ……」

権兵衛はグイッと手酌でやってから、人の良さそうな笑みを浮かべて、

「主人と言いましたが、実はもう店は弟に譲って、手前は悠々自適の隠居です」

「え、その若さで?」

「若いといっても、三十七です。人生五十年、四十で隠居する者は幾らでもおりますよ。体が動かなくなる前に、人生を謳歌《おうか》したいと思いましてね。なに、親父の後を継いでから、仕事仕事の人生でしたからね、ここらで、そろそろ楽をして

え、なんてね」

調子よく言う権兵衛の態度を、桃太郎君はあまり快く思わなかった。金持ちならではの軽薄な人間に見えたのである。

「なんです、その目は、若君……あ、いや、桃太郎さん。言わなくたって分かりますよ。ろくに働きもしないで、放蕩三昧《ほうとうざんまい》の旦那とでも思ってるのでしょう」

「……」

「ま、当たらずとも遠からずですがね……これでも、十二歳のときには一旦、親父に追い出されたんです。余所《よそ》で修業をしろってね。厳しかったなあ……挨拶の言葉ひとつ間違えただけで拳骨《げんこつ》ですからね。丹波屋と丹後屋ってえ、取引先の店の名前を間違えただけで、頭にたんこぶですよ」

権兵衛は思い出話だからか、楽しそうに話した。

「奉公先は同じ材木問屋ですがね、算盤《そろばん》勘定や店の小僧というより、鋸《のこぎり》や玄翁《げんのう》を持たされたり、重い材木運びですよ。職人や人足の辛《つら》さを体に叩き込まれたんです。自分が使う者たちの気持ちが分からないと、店主になったとき、奉公人は誰もついてこないってね」

「……」

「乳母日傘《おんばひがさ》で育ったら、ナントカの甚六《じんろく》になってしまって、店を傾かせてしまうとね」

そう言われた桃太郎君は、少し俯《うつむ》いた。自分は男として育てられたが、赤ん坊のときから跡取りとして大事にされてきた。刀や槍《やり》の稽古は別として、普段の暮らしでは、箸《はし》より重たいものは持ったことがないのではなかろうか。ゆえに、忸怩《じくじ》たる思いがあったのだ。

「おや、桃太郎さん……思い当たる節がありますね。顔に書いてますよ」

商人というものは、人の腹の中を読むのが仕事のうちなのであろうか。図星だねとニンマリと笑いながら、

「お武家様はそれでようございますよ。私ら町人や百姓さんたちが支えて生きてるのが、お武家様ですから。その代わり、いい政事《まつりごと》をして下さって、私らの暮らしを少しでも楽させてくれれば、それだけで御の字です」

「あ、いや……」

「いずれ殿様になったときには、宜しくお頼み致しますよ」

「いや、私は……」

権兵衛はさらに酒を手酌で飲んで、

「奉公に出てから、二十五年間。店に戻ってからも、嫁さんも貰わず死に物狂いで働いてきたんだ」

「お嫁さんも貰わずに……」

「ええ。だからって、違いますよ。さっきも言ったでしょ」

とオカマみたいな手つきをして、

「食うに困らぬほどの小金も貯まった。あとは好き勝手に暮らしたいんですよ」

材木問屋を継いでから、少しずつ店を大きくしてきた。奉公人も大勢いるが、商売は番頭の得兵衛に任せている。

「弟さんに譲ったのでは……？」

「それは形ばかりのものでね。商売のイロハもろくに知らないから、番頭の後ろ盾が必要で、まあ実際は、得兵衛がね」

「そうなのか……」

「ええ。継がせた弟は、私の母親ではなく、余所の女……つまり妾腹《めかけばら》なんですがね。弟には違いありませんから、店を守っていってくれると思いやす」

「何が事情があって、苦労したようだな」

「分かりますか」

「まあ、なんとなく……」

「実はこう見えて、長年、堅物同然の暮らしをしてきたせいで、粋な遊びを知らないんですよ。優雅な若旦那の遊びとは縁がなくてね、女の口説き方も知らない。だから、嫁も貰うこともできなかったんです」

「……」

「ですから、桃太郎さん。どうか、身も心も軽くなる楽しい遊びを教えてくれませんかねえ。きっとお武家様らしい、優雅な遊び人に違いないでしょうから」

「私は、そんなことは……」

「隠さなくても結構ですよ。これだけの役者ばりの男前で、女が放っておくわけがない。でござい ましょ?」

ニンマリと助平そうな顔で笑って、権兵衛は桃太郎君に盃を勧めた。が、桃太郎君はさほど酒には強くないので、すでにもう頰が赤らんでいる。それを見た権兵衛は、土下座をせんばかりに、

「どうかどうか。私の頼みを聞いてやって下さいまし。芝居見物や見世物小屋に、もっと上等な料理や、それから縁日の遊び……矢場に行ってみたい。あれって、女のケツに向かって打つんですよね。え、違う?　どうやって遊ぶんですか」

などと必死になって尋ねる。

桃太郎君は不思議な気持ちになってきた。大名の若君ゆえ、町場には縁のない人間だった。しかし、町娘の桃香になって出歩いていたからこそ、世情が分かってくる。町人なのに、しかも立派な大店《おおだな》の旦那なのに、芝居見物にも行ったことがないとは信じられなかったのである。

それほど、寸暇を惜しんで働いていたということかと、桃太郎君は感心した。それに比べて、自分は興味本位で町人の暮らしを垣間見て、おまけに捕り物紛《まが》いのことまでしている。

——自分が武士として、殿様になる身として、為《な》すべきことをしているか。

という思いがチラリと過《よ》ぎった。

「どうしたんです、桃太郎君。難しい顔をしちゃって」

「うむ。おまえの言うとおり、町人や百姓がいてこその武家だと思ってな……少しばかり反省をしていたのだ」

「反省……」

「ああ。私もおまえのように、身を粉にして働かねばならぬとな」

桃太郎君はそう言って腰を浮かせながら、「悪いが、用事を思い出した。屋敷に帰らねばならぬのでな、失敬するぞ。ここは馳走《ちそう》になってよいのかな。実は持ち合わせがなくてな。財布を屋敷に忘れてきた」

と言うと、さらに権兵衛は土下座をし、

「そんなことをおっしゃらないで、どうかどうか、お付き合い下さいまし……なんというか、先程、あなた様が名も無き可哀想な親子を助けたことに、この人ならばと思ったのです。いえ、別に家来にして欲しいとか、そんなんじゃありませんし

「そりゃそうであろう」

「でも、この御仁なら、私の人生の最後に相応しい相手をしてくれるのではないか。そんな気がしましてね、はい」

「人生の最後……物騒なことを言うでない。まだまだ壮健ではないか。それに、こっちにも用がだな」

「お願いでございます！　どうか、どうか！」

嘆願しながら、権兵衛は噎《むせ》び泣いた。

「——どうした……何があったのだ」

「いえ……私の間違いでした……会ったばかりの見ず知らずの人に……ましてや、

何処その若君に……とんだ無礼を致しました」

権兵衛は申し訳なさそうに深々と頭を下げると、幽霊のように立ち上がり、ふらふらと暖簾《のれん》を割って表に出ていくのであった。

提灯《ちょうちん》灯りと月明かりが重なって、権兵衛の影が長く伸びた。それを引きずるように立ち去っていくのを、桃太郎君は溜息混じりで見送っていた。

三

呉服問屋『雉屋』はすでに表戸を閉めてある刻限だが、勝手口の扉から顔を出した隠居の福兵衛《ふくべえ》は首を傾《かし》げ、

「それは、妙ですなあ……いや、まだ手前共には来てませんがねえ」

と言った。

目の前に立っている久枝は、俄《にわか》に不安な表情になって、

「そんなはずは……だって、今日は昼前から出かけたんですよ。城之内も何となく気づいて、家中の者に探させてるようなんですがね。ここだとバレては、まずいと思い……」

「いえ、来ておりません。うちならば、どんな手立てを使ってでも、若君が姫であることを隠し通します」

福兵衛は自信たっぷりに言ったものの、さすがに、暗くなってでも訪ねてきてないことが心配になった。久枝はそれに輪を掛けて、何か事件に巻き込まれたのではないかと、胸が痛むほど憂えてきた。

「――ときに、久枝様……」

改まった口調で、福兵衛が塀の中に招き入れて、

「そろそろ、桃太郎君はきちんと女であることを、御公儀に届け出た方がよろしいのではありますまいか」

「なにをバカな……今、隠し通すと、あなたは言いましたよね。なんで、そんなことを言い出すのです。なりませぬ。絶対になりませぬぞ。そんなことが、上様の耳に入れば、綾歌藩はもう……」

「しかし、上様も薄々、勘づいているのではないかと思います」

「どうして、そんなことをッ……」

「近頃、大岡越前《おおおかえちぜん》様の元内与力《うちよりき》だった犬山勘兵衛《いぬやまかんべえ》様が、頻繁に訪ねてくるのです」

内与力ではなくなり、浪人となった身であるが、実は町場を探索する隠密の働きをしている。しかも、桃香に対して、何かと絡んできて、しつこいくらい近づいてきているのだった。

「この『雉屋』に来るのか……」

「ええ。桃香は、うちの姪《めい》っ子ということになってますがね、何処に住んでるのかとか、誰に育てられたのかとか、親に会いたいとか、しつこく尋ねるのです」

「で……あなたは、なんと？」

「妹の子だと曖昧《あいまい》にしてますが、紋三親分の下っ引の真似事をしてますから、犬山様は余計にあれこれ詮索するのです」

「そうなんですね……」

「桃香には、紋三親分のお墨付きの、猿吉《さるきち》がついており、『雉屋』の私も手助けをし、イザ危ないときなどは、犬山様が陰に日向《ひなた》に援護してます……これって、桃香が実は、桃太郎君であることを、承知してるからこそ、守っていると思いませんか」

「大岡様が承知していると？」

「はい。これまでも何度か、うちと綾歌藩のことを聞かれました。御用商人ということ以外は話してませんが、つい先日、犬山様からハッキリと訊《き》かれました」

「なんて……？」

身を乗り出す久枝に、福兵衛は声をひそめて、

「讃岐綾歌藩の若君は、上様になかなか会おうとしない。此度《こたび》は、奏者番として名が挙がっているのに、挨拶もせぬとはおかしな話。無礼にも程がある。さもなくば、何か大きな秘密があるのか、と」

「……たしかに、大目付様が明日、来ることになってます。そのときには、挨拶くらいはさせねばと思うておりますが、肝心の若君が役職には就きたくないと」

「それならそれで、きちんとお断りせねば、藩としてもまずいのではありませぬか」

「え、ええ……」

「それに、この秘密をいつまでも隠し続けるのは無理なこと。いずれ正室とか側室とか、跡取りの話も出てきましょう」

「まだまだ先のことと思いますが……」

「何より、若君……いえ姫君の身心が持ちましょうか……この際、正直に御公儀に申し出て、しかるべき婿《むこ》を貰うことにした方がよろしかろうと……」

「ですけどね……」

これまで公儀には若君だと申し出ていただけに、虚偽だと分かれば一問着《ひともんちゃく》あるだろうし、下手《へた》をすれば御家断絶になる。国元の殿様も悩ましいところであろう。とはいえ、いつまでも隠し通せるわけもなく、姫君の体の変化もあることゆえ、決断する時期が近づいているのかもしれぬ。

「とにかく、ご隠居……桃太郎君の行方を探さねばいけません。どうか、宜しく頼みましたよ。あなただけが頼りなのです」

縋《すが》るように、久枝は言った。

その頃――

花の吉原《よしわら》は京町《きょうまち》の一角にある妓楼《ぎろう》に、権兵衛はいた。

なぜか、桃太郎君も一緒である。

朝千両が日本橋魚河岸《にほんばしうおがし》ならば、昼千両は堺町《さかいちょう》の芝居街、そして夜千両は吉原だった。綺麗に着飾った遊女が勢揃いした張見世《はりみせ》に、すががきという三味線《しゃみせん》の音も悩ましい盛り場であった。

公許《こうきょ》の遊郭である吉原は、大名や旗本から豪商の〝社交場〟でもあり、伊達《だて》男《おとこ》を気取って、日頃の憂さを晴らしていた。高級な妓楼だけではなく、西河岸《にしがし》や羅生門河岸《らしょうもんがし》に面して並ぶ安女郎《じょろう》宿もあったから、金に苦しい町人たちでも遊ぶことができた。

登楼するには、仲之町《なかのちょう》に並ぶ引手茶屋《ひきてぢゃや》を通して遊女屋に行くのと、直に張見世に出ている遊女を見立てる〝素上がり〟があった。当然、引手茶屋を経る方が上客扱いで、荷物は茶屋に預けて、揚代金《あげだいきん》や飲み代、幇間《たいこもち》への祝儀などは茶屋で済ませる。

茶屋の主人の案内で、『松葉屋』という妓楼の二階、引付《ひきつけ》部屋に来た権兵衛は、一夜限りの夫婦盃《めおとさかずき》を交わすと、別の座敷に移って宴会となった。すでに台屋と呼ばれる仕出し屋から、飾り付けの豊かな料理が届けられている。

三味線や太鼓で賑《にぎ》わう座敷では、幇間がおかしみのある踊りや表情で、権兵衛たちを楽しませた。芸者たちの小唄や踊り、座敷芸などもあって、やんやの大騒ぎである。

「いやあ、実に楽しいのう、金太郎さん。私も死ぬまでに一度でいいから、こういう所に来てみたかったんだ」

権兵衛はスッカリ酔っ払っていて、羽織を脱ぎ捨て、自分も頭に捻《ねじ》り鉢巻きをして、ひょっとこ踊りなどをして場を盛り上げている。上座には華やかに着飾った花魁《おいらん》が、うっすら笑みを浮かべてデンと座っており、他の遊女、振袖新造《ふりそでしんぞう》らが陽気な声で間《あい》の手を打っていた。

「いやあ、まさに竜宮城の騒ぎだ……あはは。ここで、かの紀文《きぶん》は一晩で三千両使ったって言うじゃありませんか……それには到底、及びませんが、私なりに奮発して、頑張りたいものですなあ」

吉原には厳しいしきたりがあって、金を出したからといって高級遊女は床を共にしない。「初会《しょかい》」「裏」「馴染《なじ》み」と三度目でようやく客として認められる。むろん、権兵衛は初めてだから、〝床入り〟はないが、ドンチャン騒ぎだけでも珍しかった。

だが、桃太郎君は目をパチクリさせて、ランチキ騒ぎを見ているだけだった。表情も硬く、まったく楽しんでいる様子ではない。

——しまった……やはり来るのではなかった……。

と桃太郎君は後悔しきりであった。

居酒屋から背中を丸めて出た権兵衛の後ろ姿を見ていると、なぜだか気になって追いかけたのが間違いだった。

「吉原へ行こう。金の心配をするな。桃太郎君さん、もしかして女を知らぬのか。ならば、私がお手伝いをして進ぜよう。さあさあ、さあさあ、ご一緒に」

強引に誘われ断り損ねて、ついて来てしまったのだ。もっとも、女の身でありながら、吉原には少しばかりは興味があった。夜千両の華やかな町に足を踏み入れて、遊女なるものが、どのような暮らしぶりをしているのか見てみたいという思いもあった。

だが、正直に感じたのは、

――こんなことをして、殿方は何が楽しいのか。

ということだった。桃太郎君自身が女であるからであろうが、接客する女たちの様子を見ていても、心の底から楽しんでいるようには思えず、心の奥に何かが詰まったような感じがしたままだった。

「若いお人……桃太郎さんとか申されましたかね……」

花魁がふいに声をかけた。

「あ、はい……」

「人生は一度きり、今この時も一度きり。楽しまないのは、損でありんすえ」

桃太郎君はどう答えてよいか、もじもじとしていると、権兵衛が横合いから、

花魁の言うとおりだと近づき、一緒に踊れと囃《はや》し立てた。他の遊女たちも桃太郎君の手足を取るように誘ったが、

「いや、私は結構。見てるだけでよい」

と頑《かたく》なに拒んだ。

硬い表情のままの桃太郎君に、花魁は優しいまなざしで、

「若君は女を知らぬのかいなあ……私でよければ、お相手致しましょう」

「おっ。桃太郎さん、こりゃ凄いことだ」

喜んだのは権兵衛の方だった。

「初会だぞ。初会で床入りできるなんて、特に珍しいこと。よほど気に入られたんだな、若君……さ、遠慮せず、さあさあ」

まるで自分のことのように、権兵衛は桃太郎君を押しやった。

「いや、私は結構……女はどうも苦手でな」

「恥ずかしがらずに、ささ」

花魁が手招きをすると、権兵衛がさらに背中を押した。調子に乗って、まるで遊郭を借りきったかのような態度の権兵衛に、桃太郎君は呆《あき》れ果て、

「――まいったなあ……ここまでやるとは……帰れなくなるではないか」

「ええ。帰しませんとも。若様のような男前な客は、めったにおりませんもの。あちきの方が惚《ほ》れやんした」

夜の四つ（午後十時）には中引けになって、酒宴も一旦終わる。遊女の部屋に戻って、床入りとなるのだが、暁八《あかつき》つ（午前二時）の大引けまでは、遊女は寝ずに床を共にして、明七つ（午前四時）に茶屋から迎えの者が来て、明六つ（午前六時）には大門《おおもん》を出なければならない。

「それまで、たんまりと……」

半ば強引に手を引いた花魁は、桃太郎君の手の感触や間近で見た艶肌を見て、エッとなるほど驚いた。

「なんと……まるで女子《おなご》のような……」

思わず手を引いた桃太郎君は、戸惑いながらも、

「子供の頃から、ろくにお天道様にも当たっておらぬゆえな……体も華奢《きゃしゃ》で、女に生まれればよかったのに……と家中の者によく言われたものじゃ」

と言った。

「ならば、益々、好きになりました」

我《わ》が儘《まま》な花魁なのであろう。さらに強く抱き寄せようとしたが、桃太郎君は懸

命に立ち上がって離れた。面白がって、権兵衛が押しやろうとしたが、逆に突き飛ばされた。

その勢いで、襖《ふすま》を倒しながら廊下に出ると、そこに数人の客が通りかかった。町名主ら数人と、伴の者たちである。

「おっと、危ないじゃねえか」

真っ先に出てきて、転がりそうな権兵衛を支えたのは、岡っ引の猿吉だった。どうやら、町名主らのご相伴《しょうばん》に与《あずか》ってるようだ。

「これは、申し訳ありません……ちょいと、酔っぱらい過ぎましたかな」

丁寧に謝る権兵衛を見て、

「おや、権兵衛さんじゃありませんか。そうですよね、材木問屋『日向屋』さん」

「え……？」

ぼんやりと相手を見ていた権兵衛は、

「ああ……猿吉親分じゃありやせんか……紋三親分も一緒ですかい」

「紋三親分は、こんな所には来ないよ。俺は遊びというより、用心棒役でね」

何気なく座敷の中を見ると、美しい花魁と桃太郎君の姿が見える。

だが、猿吉が、桃香と気づくはずもない。

桃太郎君の方も一瞬、地獄に仏と思ったが、若様の姿のままで話しかけるわけにもいかず、モジモジしていた。

猿吉はニッコリと権兵衛に笑いかけて、

「安心しやしたよ。『日向屋』の旦那は、てっきり商売一筋の、融通の利かない堅物だとの評判でやしたが、こんなことをねえ……でも、真面目な人ほど危ない遊びにハマって、身代《しんだい》を傾けるってえから、気をつけて下さいよ、ねえ旦那」

と立ち去った。

――待て、猿吉！

呼び止めたかったが、桃太郎君は何も言えなかった。ただ、

「厠《かわや》に……厠に行きたい」

と言った。

中引き後にそれを言うと、床入りするという合図でもある。特に遊女の部屋でドンチャン騒ぎをしているときなどは、厠に出ている間に、蒲団《ふとん》を敷くという慣わしがあるからだ。

「ゆっくりと用を足して下しゃんせ。あちきは部屋に戻っておりますわいなあ」

流し目を送る花魁を見ながら、桃太郎君は猿吉が立ち去った方へ向かった。

四

妓楼の作りは概《おおむ》ね、一階に張見世の部屋があり、遊女たちが通りがかりの客を誘うように外を見ている。内証《ないしょう》という勘定場や大広間、新造や禿《かむろ》の大部屋、台所に厠や湯殿があった。

一階の厠は遊女や奉公人が使うもので、二階にもあったため、

「二階で小便をしてきたぜ」

と言えば、吉原に行ったことを自慢する言葉として使われていた。

階段の上がり口には、二階の遊女たちを取り仕切る遣《や》り手婆《てばば》の部屋があって、客や遊女が逃げないかを見張っていた。

部屋持ちの遊女は二階で起居しており、まさに籠《かご》の鳥のような暮らしであった。世間との繋がりは、客との間だけだ。花魁道中で茶屋まで迎えに出る身分ならば、外の空気を吸えるが、ほとんどは窮屈な毎日を強いられた。

座敷持ちの遊女の次の間には、所帯道具や寝具、着物などがあり、客も自分の

家で過ごすかのような雰囲気に包まれる。

だが、客との揉め事や酔客の喧噪《けんそう》、三味線や太鼓などの音、遊女の嬌声《きょうせい》などがあちこちに飛び交っている。時に、廓《くるわ》の主人や遣り手などに叱《しか》られている声も聞こえた。

広くて長い廊下を歩きながら、桃太郎君は妓楼内の様子を垣間見て、

――このような女たちがいるのだな……。

と妙な気持ちになっていた。

つまり、身を売らざるを得ない女たちに、桃太郎君は同情していたのである。中には自ら飛び込んできた者もいるかもしれない。だが、世間で聞き及んでいるのは、親や男の借金の形《かた》として送り込まれる女が多いという話だ。同じ女として、桃太郎君には忍びなかった。

厠には行かず、ひょいと小部屋に入って、その場にあった着物に手早く着替えた。散茶《さんちゃ》女郎のような姿に変わって、適当に白粉《おしろい》と紅をつけ、髪も簡単に結い上げてから、顔を隠すようにしながら、目星を付けていた座敷に向かった。

その座敷では、先程の町名主らの一行がおり、末席では猿吉が酌を受けている。

「親分さん……投げ駒《こま》の親分さん……」

廊下から声をかけて、手招きをした。すると振り返った猿吉が、

「俺かい……？」

「ちょいと来ておくれな。親分さんに折り入って頼みがあるんですよう」

「そうかい、そうかい……てへ。俺もけっこう、知られてるんだな。へへ」

鼻の下を伸ばして、廊下の方に近づく猿吉に、遊女姿の桃太郎君が言った。

「──私ですよ。分からないのかい？」

「え……」

「よく見ておくんなまし」

わざとらしく言う女を凝視した猿吉は、吃驚《びっくり》仰天して、

「あっ。桃香じゃねえか！　おまえ、こんな所でな、何をッ」

「シッ。訳は後でゆっくり話すから、ここから連れ出して下さいな」

「連れ出せって……本当に何をやってるんだ。もしかして、事件でも探って
……」

「まあ、そんなところです。このままじゃ、私、遊女にされてしまうから」

「本当かよ。おまえには、いつも調子を狂わされるからな。でも、危ないなら
……仕方がねえな」

猿吉は同行した町名主たちに軽く挨拶をして、廊下に出た。そこは妓楼全体を見渡せるほど広く、窓の外に吉原の灯りも見える。廊下を行き交う遊女たちもいる中で、

「女郎の格好だと大門を出られないだろうがよ。四郎兵衛会所《しろべえかいしょ》の番人が、昼夜分かたず、見張ってんだからよ」

「そうか。だったら、若君の格好の方がよかったかな」

「若君……？」

桃香は先程の小部屋に戻り、その場に脱ぎ捨てていた羽織や着物、大小の刀などを運び出してきて、猿吉に持たせた。

「なんだよ、おい」

「私としたことが、遊郭なんかに来ちゃったもんだから、おかしくなって」

「俺に持たせるなよ。誰のだよ。人の着物持ってきちゃマズいだろうが」

「いいの、いいの。私のだから」

「はあ？」

「いいから、いいから。男の厠に行くから、その前で待っててよ」

「どういうことだよ」

などと押し問答しているうちに、権兵衛が居続けている座敷の前を通りかかった。

そのとき、

「いい加減にしねえか、兄貴！」

と怒声が起こった。

思わず立ち止まった桃香が座敷の中を見ると、遊び人風の男が今にも殴りかからん勢いで、権兵衛の胸ぐらを摑んでいる。

一体何が起こっているのかと、桃香は驚いたが、猿吉には遊び人風の男が誰かというのがすぐに分かったようだった。

「誰なんです、猿吉？」

「権兵衛さんの弟、政助《まさすけ》さんですよ。今じゃ跡を継いで『日向屋』のご主人様だがね。政右衛門《せいえもん》と名を変えてるが」

腹違いの弟に店を譲り、番頭の得兵衛に任せていると話していたのを、桃香は思い出した。それにしても激しいやりとりである。目の前の政右衛門は商人らしからぬ態度で、兄の権兵衛を乱暴に扱っていた。

「こんなことをして、何の真似だ。いい加減にしねえか」

「──どうして、ここにいるのが分かったんだ……私は初めて来たんだがね。おまえが毎晩のように通ってるのは、どういうところかと思ってねえ」

「ふざけるな。店の金を湯水のように使いやがって」

「店の金……？　冗談じゃない。私が長年かけて貯めた金ですよ。店の金なんぞ一文も手をつけちゃいません。おまえと違ってね」

「なんだとッ。だったら、この真似は一体、なんなんだ」

「だから、おまえが入り浸ってる所を一度でいいから見てみたかったんだよ。なるほど、楽しい所だねえ。楽しすぎて、おまえのように穀潰《ごくつぶ》しになるわけだ」

「遊びに来てるんじゃねえ。今日だって、町名主や取引相手の付き合いでな。俺がこうしてるお陰で、『日向屋』は儲《もう》かってんだ。公儀普請《ふしん》だって、俺のお陰でどんどん入ってきてるんじゃねえか」

「下手な言い訳はするな。ああ、つまらないねえ……酔いが覚めたじゃないか」

「こんなことしてたら、死んだ親父が泣くぞ、おい！」

さらに胸ぐらを深く摑んだ政右衛門を、ギラリと睨《にら》み上げ、

「天地が逆さになっても、おまえだけには、意見されたくないねえ、政助」

と忌々《いまいま》しげに言った。

「もう政右衛門と名乗っているんだ。人前で、そんなふうに言うな」

「ふん。何を偉そうにッ」

初めて見せた険悪な権兵衛の顔に、桃香は廊下から驚いて見ていた。

すると、長煙管《キセル》をポンと火鉢の縁で叩き、花魁が明朗な声で、

「兄弟喧嘩《げんか》はうちに帰ってやって下さいましな。野暮なお人たちだねえ。ここは、あちきの家でありんすよ」

と言った。

「人様の家に土足で入り込んで、弟さん、おまえさんは粋じゃありませんねえ」

「なんだと」

一瞬、花魁を見た政右衛門だが、その迫力に気押《けお》されて、権兵衛から手を離した。すると、まるで幇間のように猿吉が割って入って声をかけた。

「政右衛門さん。町名主さんたちがお待ちかねでございやすよ。ささ、あっしがご案内致しやしょう」

「——なんだ、猿吉親分……あんたも来てたのかい」

「へえ。座敷は向こうです」

連れて行こうとした猿吉が抱えている羽織や着物を見て、花魁が声をかけた。

「おや。それは、桃太郎さんのお着物じゃございませんか」

「えっ……ああ、これですか……ええと、そうだ。厠の前に脱ぎ捨てられてたんで、へえ、何処かのお客様なのかと」

「ならば、ここの客じゃ。構いません。そこに置いてたもれ」

「いや、でも……下着で歩かせるわけには……」

「よいよい」

「そうはいきません、はい……」

「ならば、おまえが迎えに行きなさい」

花魁が新造に命じたが、とっさに猿吉の後ろに控えていた桃香が、

「私が参ります」

と細い声で助け船を出した。

花魁は「おや」と首を傾げたが、楚々《そそ》と立ち去る桃香に、猿吉も愛想笑いを返して、誤魔化《ごまか》すように追いかけた。

座敷での権兵衛と政右衛門のやりとりを見ていた桃香は、

「何か深い訳がありそうだね。猿吉、おまえさん、何か知ってるんだろ?」

「詳しくは……」

「なんでも、あの権兵衛さんは親から譲られたとはいえ、自分が大きくした身代なのに、あっさり弟にくれてやった。しかも、さして仲の良くない妾腹の子に」

「そうらしいな。先代の主人は別に女たらしというわけではなく、成り行きで囲った女との間に子供ができたらしい」

「成り行き……どんな？」

「そこまで知りませんよ。気になるなら、桃香さんが訊けばいいでしょ」

猿吉はそこまで言って、自分が手にしている若君の着物や刀に改めて気づき、

「てか……これは誰のなんで？」

「え、ああ、それは……」

「桃香さんは、ここで何をしてたんでしたっけ」

「いいから、それを寄越しなさい。で、大門まで一緒に、いいね」

強引に猿吉を案内係にして、門番とは顔見知りの猿吉は、無事に桃香……いや桃太郎君を大門の外に出すことができた。だが、権兵衛のことが気になっている桃太郎君は、

「おまえは妓楼に戻って、ちゃんと権兵衛さんを守っておやり」

「ええ？」

「だって、あの弟、尋常じゃなかったんだもの。気になってしょうがないわよ」

「なんで、桃香さんが、権兵衛さんのことが気になるんです」

猿吉は首を捻《ひね》って、

「あ、そういや……俺があの花魁の座敷から転がり出てきた権兵衛さんを支えたとき、中に若侍がいたなあ……あっ。もしかして、この着物は、その御方の……!?」

「そんなことは、どうでもいいからさ、とにかく頼んだわよ。いいわね、これは私の命令。私の命令は紋三親分の命令。いいわね！」

「なに勝手な御託を……」

言い返す猿吉を振りはらうように、桃太郎君は一心不乱に駆け出していた。

五

ドンドンと表戸を叩かれる音に、夜なべ仕事をしていたのか、お光《みつ》がハッとなった。お光はしばらく大岡越前のもとにいたが、つい先日家に戻ってきたばかりだ。針と着物を置いて出ようとすると、

「俺が出るよ」

紋三が奥から顔を出した。

「こんな刻限に、妙な輩《やから》だったら、いきなりグサリともやりかねないからな」

お光の肩にそっと手を置いてから、

「誰でえ。門前仲町《もんぜんなかちょう》の紋三の家と承知なんだろうな」

と言いながら、覗《のぞ》き窓を開けると、そこには桃太郎君が立っていた。

「——屋敷に帰れなくて……すみません」

「……」

「私です。桃香でありんす」

「ありんす？」

眉《まゆ》を逆立てた紋三は、めったに若君姿の桃香を見ることはないので、すぐには分からなかった。が、いつもの合い言葉を交わしたので、潜り戸を開けてやった。

驚いたのは、お光の方であった。

「あなたは、もしや……」

紋三の方が振り返って、お光に聞き返した。

「知ってるお人かい？」

「兄《あん》ちゃん。私に隠すことはありませんよ。前々から気づいておりました。さあ、お入り下さいませ、桃香さん」

お光が声をかけると、桃太郎君もなんだかバツが悪そうに、

「では、遠慮なく……」

と中に入って来て、軽く頭を下げた。

桃太郎君が町娘姿の桃香になったとき、お光とは一緒に町場を出歩く仲である。お互いの口調や態度、その様子などから、一挙に親しくなった。たとえ身分や素性を隠していたとしても、

――同じ人間だ。

ということは、相手のことを好きになれば分かることであろう。

「そりゃ私も、初めは分からなかったわ。兄ちゃんはすぐに若君と桃香さんが重なったらしいけれどね」

「そうだな……」

「でも、どっちが本当の桃香さんなの？……って考えたら、私は町娘姿でいるときの桃香さんが本物なのかなと感じた。だって、私と一緒にいるとき、何もかも晒《さら》して、とっても楽しそうだもの」

お光もまた屈託のない女である。桃香から見ればお姉さんだが、紋三からすれば一周り以上年下の娘っこである。少し甘く見ていたのかもしれぬ。

「気づいてたのなら話が早い」

紋三はまるで居直ったように、お光に篤と話した。

「この桃太郎君はな、讃岐綾歌藩の若君として育てられたのだが……」

幕府への届け出は男としているために、隠さざるを得ないことを伝えた。年頃になって、娘心が目覚めたから、綺麗な着物や簪《かんざし》などで着飾って、弾む心を満足させたかったのだ。その気持ちは、お光にはよく分かっている。

「箸が転がっても笑う年頃だもんね。そして、筋が通らないことには、『私、許せません』って怒る年頃でもあるしね」

お光がからかって言うと、桃太郎君も幼馴染みのように屈託のない笑みを返して、

「あなたほどの正義感はないけどね。紋三親分譲りだから仕方がないか」

と言った。

若君姿のまま、女言葉になる桃太郎君には少しばかり違和感を抱いた紋三だが、このまま我慢させておくのも可哀想だなと思った。そして、いずれは正直に上様

に伝えるしかないと感じていた。

「ところで、紋三親分……」

桃太郎君は深刻な顔になって、材木問屋『日向屋』の内情について訊いた。紋三の縄張りでもあるからだ。

「先代は流行病《はやりやまい》で亡くなったがな、倅《せがれ》の権兵衛さんはもっさりしているようだが、あれでなかなかの遣り手で、親の身代を倍にしたという話だ。それが、どうしたね」

「ええ、それが……」

人助けをしたときにたまたま出会い、吉原で豪遊していたことなども話し、弟と喧嘩したことも伝えると、紋三は頷《うなず》いて、

「たしかに不仲だと聞いたことはある……権兵衛さんのおっ母さんはたしか、まだ若いときに流行病で亡くなり、先代は男手ひとつで育てたとな」

「でも、弟が……」

「先代が囲っていた芸者だったのでな、女房を亡くしてからも、権兵衛のことを考えて、店には入れなかったらしい」

「では、兄弟といっても一緒に暮らした訳ではないのですね」

「そういうことだな。だが、隠居して店は弟に譲ったはずだが……」

「でも近頃は、箍《たが》が外れたとか」

「たしかに、遊び呆《ほう》けてるとの噂《うわさ》だが、俺から見れば、あれだけ苦労したのだから、少しくらいいいだろうと思うがな」

紋三は肩を持つように頷いて、

「それに、弟の方は、店の金をちょろまかして、賭《か》け事や女に使ってたようだぜ……それが、どうかしたのかい。権兵衛のことで、何か気になることでも？」

「私には権兵衛さんの遊びは、自棄《やけ》のようにしか見えませんでした。何というか……心から楽しんでないのです」

「ほう。人の心まで読めるとは、さすがだな」

「からかわないで下さい。それに、権兵衛さんはいい人ですが、弟の政右衛門さんでしたか……は、何処か心が歪《ゆが》んでるような気がしました。勘違いならば、いいのですが」

心配そうに桃太郎君が言うと、また紋三は微笑《ほほえ》みかけて、

「このように、名も無き人の心をおもんぱかる殿様ならば、国は安泰ですな」

「また、そんなことを……」

「本当にそう思っている。俺が長年見てきた咎人《とがにん》たちは、己の境遇や貧しさに耐えられなくなって、思いもよらぬ罪を犯すことが多かった。世の中のせいにしちゃならねえが、世間が荒《すさ》んでりゃ、弱い人間ほど心も傷つく」

「……」

「だから、おまえさんのような奴が人の上に立てば、少しは世の中が良くなるってもんだ。そうだろう、お光」

と紋三が振り向くと、お光は苦笑して、

「お殿様になる人に、おまえさんとか奴とか、そんな言い草はないでしょ」

「そりゃ、そうだな……」

紋三は自分の額を掌で叩いて笑ったが、桃太郎君は権兵衛のことが気になっているようであった。

「ねえ、お光さん。着物、貸してくれないかしら。まだ屋敷に帰りたくないし」

「そりゃいけねえよ、若君。実は、昼間、久枝さんが来て……明日は、大目付様が何らかの意向を持ってくるから、探してるのだと話してたがな」

「それはそれとして、私は……」

「話は概ね聞いた。深川は俺の縄張りだ。後は、任せて貰って結構。悪いようにはしねえよ。だから、今日のところは帰りな」

諭すように、紋三は丁寧に言った。


その未明――。

富岡八幡宮の境内を、ふらふら歩いている権兵衛がいた。

千鳥足に加えて、酒を飲み過ぎて頭が痛いのか、しきりに首を振っている。そして時折、吐き気を催して立ち止まり、目をしょぼしょぼさせていた。つい先日まで、颯爽《さっそう》と働いていた大店の主人には見えない。

「なんだ、政助のやろう……俺の気持ちも知らないで……」

本殿前に来た権兵衛の体は、左右に揺れている。本人はまっすぐ立っているつもりであろうが、まるで風に煽《あお》られる柳のようであった。柏手《かしわで》を打ちながら、

「商売繁盛、家内安全……商売繁盛、家内安全……商売……商売がなんだってんだ……守りたい家内もねえやな、ひっく……」

と言いながら、権兵衛は石段に蹲《うずくま》り、そのまま前のめりに崩れるや、疲れ切ったように寝息を立て始めた。

どのくらい時が経ったのか、その体に柔らかな羽織が一枚、ふわりと落ちた。

「旦那様……こんな所で寝てたら、体を壊しますよ……旦那様」

揺すり起こすのは、『日向屋』の番頭・得兵衛である。いかにも真面目が着物を着たという感じで、垂れ目の下に大きなほくろがあって、如何にも人が良さそうだった。

「まったく、こんなことをしてたら、本当に病になってしまいますよ」

得兵衛が声をかけると、ぐったりと眠っているくせに、むにゃむにゃと返事をした。

「どうせ私は病だ……どうなったって構うものか、余計なお世話だ。あっち行け」

はっきりと聞き取れた得兵衛は、なんだか嫌な予感がして抱き起こそうとした。そのときである。ふいに背後に人影が現れて、

「おい。『日向屋』とその番頭だな」

と言うなり、いきなり抜刀して斬りかかった。

とっさに身を挺《てい》して主人を庇《かば》った得兵衛の腕がバッサリと斬られた。

「うぎゃっ！」

悲鳴を上げたが、さらに浪人は、酔いつぶれたままの権兵衛にも、無慈悲に刀

を打ちつけてきた。そのとき、

――ヒュン。

と独楽《こま》が飛んできて、浪人の額に命中した。その芯がグサリと突き立ち、血が散るのが月明かりにも鮮やかだった。

闇の中の木立から駆けつけてくるのは、猿吉であった。

「人殺し！　何しゃあがる！」

十手を突き出しながら、「御用だ」と叫ぶと、浪人は目に流れ込む鮮血を拭いながら、悔しそうに逃げ去った。

「大丈夫かい、『日向屋』さん」

「――こ、これは……猿吉の……」

得兵衛の腕は袖の上からパックリと斬られて、骨まで傷が深い。

「しっかりしなせえ。さあ、俺に摑まって」

猿吉は得兵衛を支えながら、

「おい、起きろ。このロクデナシ！　どこまで人に迷惑をかけやがるんだ、おい！」

と寝言を言っている権兵衛の背中を軽く蹴飛ばすのであった。

六

深川養生所の藪坂清堂を叩き起こして、得兵衛の腕を診て貰った。漢方や骨接ぎを専《もっぱ》らとしている清堂だが、蘭学の心得もある。応急として傷口を塞ぎ、膿《う》まないように手当てした。

だが、しだいに傷の痛みが強くなったのか、得兵衛は苦しそうに呻《うめ》いていた。

「——大丈夫か、得兵衛……すまない。私なんかのために、すまない」

責任を感じて何度も謝る権兵衛に、

「このバカたれが！　おまえのせいだぞ。なんだと思ってんだ」

と猿吉は怒鳴りつけた。

「ご迷惑をおかけしました……」

酔いがスッカリ覚めた権兵衛は、改めて猿吉を見て、

「あれ？　どうして岡っ引の猿吉さんが」

「覚えてねえのかい。吉原で、ほら」

「はて……」

首を傾げるだけの権兵衛の顔を睨みつけ、

「桃香に、あんたを頼むって言われたんだよ。そうでなきゃ、ふたりとも今頃、さっきの浪人に殺されてただろうよ」

「桃香……」

「間一髪で助けたんだ。もっと感謝しろってんだ」

「命を狙われる訳でもあるのか？」

猿吉が迫ると、権兵衛は目を逸《そ》らして、

「――どうせ物盗りの類《たぐい》でしょう。これでもまだ金をたんまり持ってると思われていますんでね。でも、まだ死ねない……」

まだ死ねないという言葉に引っかかったのは、清堂の方だった。権兵衛は俄か遊びに疲れたのか、ぐらり体が崩れた。

「ご主人……随分と体が悪いようだな。おそらく肝の臓が」

エッと驚いた権兵衛は、何かを誤魔化そうとしたが、名医としても誉れの高い清堂には誤魔化しが利かぬと思った。しかも、〝儒医〟としてよく知られているから、思わず心を許したのであろう。

「はい。実は……清堂先生もお気づきのとおり、他の医者の見立てで、肝の臓に悪い出来物ができてるらしく……」

「悪い出来物……？」

清堂は眉根を上げると、訝《いぶか》しげに聞き返した。

「命は後持って三月だと」

権兵衛は他人事《ひとごと》のように静かに言った。

「三月……たったの！」

驚く猿吉を軽く制して、清堂も冷ややかに言った。

「確かに芳《かんば》しくないようだな。顔を見ただけで分かる。しかし、諦めるでない。自棄で大酒を飲んだりしたようだが、それが却《かえ》って悪化させてしまうぞ」

「でも、私はこれまで酒なんぞ、ほとんど飲んだことがありません。朝早くから夜遅くまで、仕事仕事でしたから、飲んだとしても寝酒におちょこ一杯くらい。肝の臓を痛めるほどは……」

「仕事のし過ぎで疲れて、肝の臓を悪くすることだってある。自分を労《いたわ》らねば、ますます酷《ひど》くなってしまう」

「もういいんです。女房子供がいるわけでなく、何の未練もございません。ただ、店のことだけが心配でしてね。でも、それも弟の政助に任せることができたから……」

　少し権兵衛が声を詰まらせると、猿吉が助け船を出すように、

「違いますよ、清堂先生。俺もこの目で見ましたがね、弟の政右衛門さんてのは、酷い人でさ。兄を兄とも思ってねえ」

「そんなふうに言わないで下さい、親分。あれでも、唯一の血のつながりのある弟ですのでね……いずれ商人として、なんとか頑張ってくれるでしょう」

「なにも、あんな奴、庇わなくたって……」

「でも、店を任せられるのは弟だけですからねえ」

「どうだかな」

　険悪な物言いで、猿吉は権兵衛の前に座り直した。

「さっきの浪人な……俺は、あんたが大事に思ってる弟が雇ったと、俺は踏んでる」

「えっ、なんてことを！　そりゃ、ガキの頃から放蕩三昧でしたがね、人を殺《あや》めるような人間じゃない。母親が日陰暮らしだったから、少しばかりひねくれてただけで、そのうち立派な商人に……」

「もう結構な年じゃないか。俺より大分、上だぜ。なのに、あの体《てい》たらく。それ

に、俺は見たんだよ」

「何をです」

「吉原大門の外、五十間道《ごじゅっけんどう》のところで、浪人と会って何か話してたのをな。だから、俺は尾《つ》けて来たんだよ。まさか、斬りかかるとは思わなかったがな」

「な、何のために……」

「身代をそっくり欲しいからだろうよ」

吐き捨てるように言った猿吉に、権兵衛は意外な目を向けて、

「そんなバカな。政助……いや、政右衛門は主人ですよ。ぜんぶ、自分のものじゃないか。私が自分に残したものに比べれば、全然……ただの物盗りですよ。食い詰め浪人が金を奪おうとしたんでしょうよ」

「政右衛門が話しかけた浪人が、たまさか、おまえたちから金を盗もうとしたのか？　だったら斬らなくても脅しただけで、金を出すと思うはずだ」

「……」

「得兵衛さんの深手を見ても分かるように、明らかに殺そうとした」

「ばかな。政助が私たちを殺せと命じたとでも？　何のためにです。金なら、たんまり持ってるじゃないか」

「金だけのことじゃない、としたら？」

「──どういう意味です」

「それが分かれば苦労はありやせんよ。でも、政助が狙わせたんだ。旦那に心当たりがないならば、その浪人、こっちでキチンと調べやすから、ご安心を」

まるで挑発するような言い草の猿吉に、権兵衛は不快な顔になって、

「勝手にどうぞ。浪人に殺されようが、雷に打たれようが、どのみち私は後三月で死ぬのですから、どうってことはありません……ただ、まだこんなに若いのに、やるせなくなってね。思い切り遊んでやろう。そう思ってるだけですから。ええ、所詮はその程度の男でございます」

捨て鉢のように言うと、清堂に向かって、得兵衛を宜しく頼むと頭を下げてから、逃げるように立ち去った。慌てて、猿吉が追いかけようとすると、養生所の表には、今度は町娘姿になっている桃香が立っていた。

「後は任せて」

「おい。今度は何をする気だ」

「権兵衛さんの余命幾ばくもない話は、聞かせて貰いましたよ」

「立ち聞きかよ」

「あれだけ放蕩をして非難されながら、じっと耐えているのは変でしょ」

「耐えてるか？　俺が権兵衛の身だったら、やっぱり悔いのないようにしたい」

「そう。悔いのないようにね」

桃香も同意した。その上で、

「真面目一徹だった人が俄かに人が変わったようになるのは、よくある話だけど
……その遊びっぷりが、とても不真面目になったためとは思えないの」

もう少し権兵衛に張りついてみると決めた桃香は、スタスタと後を追った。猿
吉も「お供しやす」とばかりに尾いていった。

今度は――。
さる寺社地にある賭場《とば》に、権兵衛は入り浸っていた。好きなだけ金を使って、
運試しだと楽しんでいた。
むろん、賭場は御法度《ごはっと》であるが、武家地や寺社地には取り締まる側《がわ》の町方は踏
み込めない。ゆえに、安心して遊べるのだ。
「丁か！　半か！」
の声が飛び交う中で、中盆《ちゅうぼん》が権兵衛に声をかけた。

「旦那はたしか、材木問屋『日向屋』のご主人でしたよね」

「ええ。そうですよ……おや、こんな所の人に知られてるとは思ってもみませんでした。意外でございます」

「こんな所で悪うござんした」

「変な意味ではございません。お気に障《さわ》ったら、相済みません。このとおり、たんまり賭けますから」

負け続けているのに、山のようにドッサリと駒札を並べたが、あっさりと負けてしまい、一晩で百両余り、損をしてしまった。それでも、まだ続けると権兵衛が、帳場の胴元に縋って、

「あと三十、いや五十両だけ貸して下さい。なに、隠居した身とはいえ、まだ金はたんまりありますから、もし負けたら、明日にでも持って来ますから」

「今日はツキがねえ。よした方がよいと思いやすがねえ」

胴元はもじゃもじゃの鬢《びん》をいじりながら、貸し渋った顔をしたが、本音では貸してもよいと考えている。その内心を知っているかのように、

「もし大負けすれば、店をぜんぶ渡してもいいです、はい」

と権兵衛は言った。

「店をぜんぶ……だと？」

「ええ。弟が継いだといっても、鑑札《かんさつ》はまだ私の名ですからね。実際には番頭が仕切ってるけれど、その番頭が何者かに襲われて、大怪我《おおけが》してしまって……これじゃ商売にならない。店を大きくしたのも、この私ですからね、弟には文句なんか言わせませんよ」

余裕の態度でそう言う権兵衛を、胴元はじっと見ていたが、

「そこまで言われれば、貸さないわけにはいかないですなあ」

と言った。

そのとき、桃香がぶらりと入ってきて、

「私も賭けさせて下さいな、『日向屋』さんが外れてばかりだから、その反対を賭けようかな。へへ、廊下でずっと見てたんだ」

「——誰だね、おまえさんは……」

権兵衛が振り返ると、

「そんなこと、いいじゃありませんか。私、絶対に負けませんので」

まるで啖呵《たんか》を切るような桃香を、胴元は面白がって、一対一の賭を勧めた。桃香が賛成すると、権兵衛も調子に乗って、

「やってやろうじゃないか。小娘にバカにされて、たまるか」

盆蓙《ぼんござ》の前で対峙《たいじ》したふたりは、丁半の賭を何度も繰り返したが、嘘のように次々と、桃香の方だけが勝っていく。その都度、権兵衛は胴元から駒札を借りて、勝負を続けるが、勝負は桃香のツキが勝っているのか、どんどん駒札が増えていった。

「そろそろ、引き際じゃありませんか？」

桃香が同情したように言うと、権兵衛は寂しそうな笑みを浮かべて、

「人ってのはね、娘さん……説教されたって、何も変わらないンだ。説教はいらない。ただ働け。それこそが、長年の商売で身に染みて感じたことなんだよ」

「賭け事と働くのは、正反対では？」

「――だねえ。そう説教する私もバカだ、ははは」

と権兵衛が鷹揚《おうよう》に笑ったとき、

「いい加減にしねえか！　今日という今日は、この俺だって堪忍袋の緒が切れたぜ！」

何処にいたのか、政右衛門が現れて、

「おまえ、どういうつもりで、こんな真似をしてやがんだ！『日向屋』を潰す

気だな、おまえは！」

と怒鳴りつけた。

「あらまあ……吉原のあの妓楼にも来たかと思えば、この賭場にもいらしてましたか。こらまた偶然でございますなあ」

「ふざけるなッ。俺がいると知って、こんな真似をしてるんだろうが」

「おや、自分からおっしゃいましたねえ……そうですか、おまえさんは私が汗水流して働いているときに、あんなことやこんなことをしてたのですか……しかも店の金で」

「黙れッ」

「店の金は、親父のものでも私のものでも、ましてや、政助、おまえのものでもない。奉公人たちとその親兄弟のために使われるもんだし、世間にお返しするもんだ」

権兵衛は説教は嫌いだと言いながら、説教臭い顔になり、

「ああ、そうか……おまえは、遊女や賭場のやくざ者に、奉公人が稼いだ金をばらまいて、面倒見てやってるんだ。それが、おまえなりの世間様への感謝ってわけだな。なるほど、なるほど……だったら、私も浮世を楽しみ、歓《かん》を尽くします

かな」

と言った。明らかに相手をからかっているかのような権兵衛に、まるで引導を渡す厳しい口調になって、

「ふざけるな！　もう兄でも弟でもない！　自分の金をぜんぶ持って、何処にでも好きな所へ行けばいい！」

「好きな所へ……」

「ああ、そうだ」

「本当に勝手にしていいのかい？」

権兵衛が神妙に聞いていると、政右衛門は怒りに満ちた顔つきになって、

「そりゃ……俺はよ、散々、兄貴を困らせてきた。でも、程度ってものがある。俺は俺なりに頑張ったつもりだ。親父の代から続く、この店の看板に、泥を塗るような事をしてきたか？　冗談じゃねえ！　これ以上、うちの赤ッ恥を晒すようなことはするな！　俺に対する嫌がらせはやめて、どっかに消えてくれ！　商売は俺がきちんとやる」

「商売はきちんと俺がやる……そんなことができるかねえ」

「ああ。今日中に、キッチリ手切れ金も渡してやるから、何処なりと好きなとこ

ろへ行くがいい。二度と俺の前に現れるな」

ビシッと言った政右衛門に、権兵衛は少し情けない面になって、

「――だったら、そうさせて貰うが、ここの借金はどうしよう……」

「俺が払ってやるよ」

「そ、そうかい……すまねえな……」

急にしおらしくなった権兵衛に、桃香がニコリ微笑みかけて、

「大丈夫。私が払ったげる、ぜんぶ。だって買ったお金、ぜんぶ、元々は権兵衛さんのだから。前に借りた分も、耳を揃えて返せるんじゃない？」

と駒札を譲った。

すると、胴元がドスの利いた声で、

「お嬢さん……そりゃ通じないよ。勝ち分の四分《しぶ》は胴元に入ることになってるんだ」

「えっ、そうなの？　十両勝てば、四両も取られるってわけ」

「知らねえで遊んでたのかい。こりゃ、大した度胸だ」

「そんな阿漕《あこぎ》なことをして儲けてるなら余計、借金なんか返す必要はないですよ、権兵衛さん。どうせ、あなたが負けたのもイカサマというやつでしょう」

「なんだと……何処の世間知らずか知らねえが、可愛《かわい》いからと思っていい気になるな。吉原に売り飛ばすぞ！」

「あら、胴元さん、そういうこともなさってるんですか。おお、恐ろし」

桃香はわざとらしくブルッと震え、

「善人は沢山いるけれど、世の中にはホントに悪い奴もいるんですねえ……」

と言うと、胴元は顎《あご》をツンと出した。途端、問答無用とばかりに、子分たちに取り押さえさせようとした。だが、桃香は柔術で華麗に子分たちを投げ飛ばし、

「さあ、権兵衛さん。こんな所からは帰りましょう」

と腕を摑んだが、権兵衛の腰が引けていた。

しかし、妙な感触を感じて、思わず桃香の顔を覗き込んで、

「――この手触りは……何処かで、会ったことがあるかな、娘さん……あ、いやいや、堅物の私が、そんな……ありえない」

「なにをごちゃごちゃと！　しゃらくせえ！　さあ、畳んでしまえ」

胴元の命令で、子分たちが再び躍りかかったとき、

「待ちねえ」

と入って来たのは紋三である。

その後ろには、少し小柄で痩せているならず者を縛った猿吉がいた。

紋三はズイと前に出て、

「門前仲町の紋三だ。土間を改めるぜ。なに、寺社奉行様にも許しを得てる」

「もんなか紋三……！」

胴元の顔が一瞬にして青ざめた。

「こいつが、盆茣の床下から、賽《さい》の目を変えていたと吐いちまったよ。おまえらみんな、南の大岡様の裁きを受けて貰おうか」

色めき立った子分たちだが、紋三に乗り込まれては、もう逃げることはできまいと、大人しくなるのであった。ここで大暴れして、罪が増えるのも得策ではないと、胴元は踏んだのであろう。

「きゃっ。紋三親分、日本一！」

桃香は満願の笑みで飛び跳ねた。どこまで本気か分からぬ桃香に、紋三も困惑の目を向けていた。

七

讃岐綾歌藩の上屋敷では、苛々《いらいら》と扇子で膝を打ちながら、城之内が廊下を歩き廻っていた。もう秋も深まったというのに、額には汗がダラダラと流れている。

奥座敷ではすでに、大目付の朝比奈丹波が待っている。座禅でもしているかのように、静かに目を閉じていた。

「も、申し訳ありません、朝比奈様……まったくもって、若君は何をなさっておるのか、まだ身支度が調ってないと……」

廊下から、恐縮して声をかける城之内に、朝比奈は何も答えず、軽く溜息だけをついた。もう四半刻《しはんとき》は待たせている。表と奥向きの境を行ったり来たりしている城之内は、久枝に様子を聞かせていたが、さらに四半刻経っても、桃太郎君は現れなかった。

さすがに痺《しび》れを切らした朝比奈は、もう一度、深い溜息をついて、

「——若君には、奏者番をお引き受け下さる意志は、どうやら、なさそうですな」

と言うと、城之内は廊下に正座した。

「さようなことはございませぬ。間もなく参りますので、間もなく……」

「いや。今日あったことを、そのまま老中にお報らせ致します」

「しかし、しかし……今、しばらく」

「これで話が頓挫《とんざ》したわけではありませぬ。出直して参りましょう」

このような場合に、出直すということは、もう話を終《しま》いにするということだ。江戸家老としては、それだけは避けたかった。奏者番に任命するという言質《げんち》だけでも引き受けて、桃太郎君に伝えるという形だけは、取っておきたかった。

「いや。おいとまいたそう」

意を決したように朝比奈が立ち上がったとき、

「お待たせ致した。話を聞き申そう」

と言いながら、控えの間から、小姓《こしょう》を伴って、上座に現れた。

ホッと溜息をついた城之内だが、朝比奈の方は一瞬、目を細めたものの、威儀を正して座り直した。

小藩であっても、桃太郎君は親藩大名の継承者であり、朝比奈は旗本《はたもと》に過ぎない。しかも幕府からの使いであるから、丁寧に平伏してから、まずは名を名乗り、丁寧に挨拶をした。そして、用件を述べた。

「此度は、上様のお計らい、さらには幕閣重職の要望により、松平讃岐守様御嫡《ちゃく》男《なん》、桃太郎君が御家を継承あそばされた後、奏者番になって頂きたく、お伝え申し上げに参りました。是非に、お引き受け願いたく存じまする」

「うむ。承知仕《つかまつ》った」

あっさりと答えたので、城之内の方が驚いた。あれほど嫌がっていた公儀へのお勤めを、間髪容《い》れず、受け入れたからである。

「まことで、ございまするか」

朝比奈も少し驚き気味に目を向けた。

「お疑いか？」

「いいえ。有り難き幸せに存じまする。上様もさぞお喜びのことと存じまする」

「余はおぬしのその態度に感服した。半刻もの間、じっと我慢をして待っていたゆえ、信頼できる人物と思うたのじゃ」

「――試されたのですか……」

「さよう。そこな城之内がそうせいと申しておったのでな」

「な、なにを、拙者《せっしゃ》はそんな……」

ことは言ってないと声を発しかけたが、仕方なく平伏していた。

「奏者番という大変な役職を賜《たまわ》るからには、自らを律せねばならないが、幕閣のひとりになるにつき、公儀に頼みたいことがある」

「はは。石高を上げることや、位階を上げることはすでに老中・若年寄でご検討されているかと存じまする」

「さようなことではない」

わずかだが、桃太郎君の声が強くなり、

「余は、事に触れて、庶民の暮らしを垣間見ておった。富める者、貧しき者。壮健な者、病がちな者。真面目な者、不埒《ふらち》な者……実に多くの立場や身分、暮らし向きの人々が、入り混じっているのが世間というもののようだ」

「……はい」

「先刻のことだが、ある賭場の胴元が、門前仲町の紋三……という岡っ引に捕縛され、南町奉行の大岡越前殿に預けられた」

「紋三とやらの名は聞いたことがあります」

「さようか。その胴元というのは、裏社会とも深く繋がっており、博奕が悪癖となったがために借金を重ねた者の娘などを、遊女にしてしまうという悪事を働いておる。そういう輩は幾らでもおるそうだのう」

「え、ええ……そやつらを取り締まるために、大岡殿のような優れた町奉行が抜《ばっ》擢《てき》され、鋭意、探索していると思われます」

「しかし、なくならぬのう、悪事というものは……」

「人の世というものは、そういうものでございましょう」

「だからといって、諦めてよいのか」

「はあ……？」

「余はそうは思わぬ。概ね富める者が貧しき者を虐《しいた》げ、強い者が弱い者を叩きのめす。かような世の中なのは、誰のせいじゃ」

「と、おっしゃられても……」

「政事が悪いからだ。そうは思わぬか、朝比奈丹後殿」

「丹波でございます」

「庶民の苦しみからすれば、丹後でも丹波でもよい気がするがな。貴殿が守名《かみな》を気にした以上に、世の人々とて、それぞれに誇りがある。百姓には百姓、町人は町人の……その誇りをもって、みな苦労を厭《いと》わず生きておるのだ。百姓は米を作り、職人は物を作り、町人はそれらを売り、各々が誇りをもって暮らしておる」

桃太郎君は次第に昂《たか》ぶったようになって、

「ところが、どうだ。政事は一体、何をしておるのか。のう、朝比奈丹後殿」

「丹波でございます」

「では、丹波殿……あなたは何をしておられる」

「むろん、大目付でござる」

「大目付とは」

「大名を見張り、監視するのが役目でござれば」

「何のために」

「大名が不埒なことを行わぬために」

「不埒とは……」

「御定法を犯したり、領民に苛斂《かれん》誅求《ちゅうきゅう》を強いたり……」

「なるほど。苛斂誅求こそが最も罪なことよのう。お上がさようなことをしておるから、下々の者も力任せに、弱い者から取り上げる。賭場の胴元が吸い上げ、弱い者をさらに弱い者にし、女子供が泣く。貧しい女は身を売らざるを得ず、吉原や岡場所で泣きながら暮らしておる」

「……」

「表向きは艶やかで華やかであっても、心の奥ではオイオイと泣きながら暮らしているのだ。自分ではどうしようもない運命《さだめ》と諦めながらな」

「……」

「余は、女の気持ち……よう分かるぞ」

桃太郎君は言いたいことだけを言って、少し涙ぐんだ。それを見ていた朝比奈は、不思議そうに首を傾げ、

「——何を、おっしゃりたいのでしょう」

「分からぬか」

「庶民の世情を知り、情をかけるのは分かりますが、桃太郎君おひとりでは、如《い》何《かん》ともしがたいことと存じまする」

「だからこそ、奏者番を引き受けるのだ。上様に直に接することのできるその職をな」

「されど、奏者番は有職故実をもって、儀式典礼の際の……」

「そのようなことを言われなくても百も承知しておる。だが、我が先祖、代々は、奏者番の中でも〝お耳役〟といって、上様に世の中に起きていること、あるいは幕府の中で蠢《うごめ》いていることなどを報せ、正しい判断をしていただくための役目を

しておったという」

「〝お耳役〟……」

「さよう。大目付なのに知らなんだか」

桃太郎君はまさに英才教育を受けた若君の如く、凛然《りんぜん》としており、その姿は神々《こうごう》しさも漂っていた。城之内は普段、見せたこともない桃太郎君の姿に唖然《あぜん》となりつつ、思わず平伏した。

「朝比奈丹波殿……」

「いえ、丹後でございます……あ、いや、丹波が正しゅうござる」

「はは。もうどちらでもよい。元々、人に名なんぞないのだ。ゆえに、名も無き人々のことを思って政事するのが、為政者《いせいしゃ》の本当の務めであろう。決して、あんな人たちと片付けてはならぬのだ」

朗々と話した桃太郎君に、何となく煙《けむ》に巻かれた感じがしたが、朝比奈は職責を果たすことができ、腰をペタリと折って、深々と頭を下げるのだった。

数日後——。

権兵衛は東海道を西へと旅に出ていた。生きている間に、お伊勢《いせ》参りをしたいとの願いを叶《かな》えるためだった。

政右衛門からはキッチリ引導を渡され、『日向屋』の主人を正式に譲り渡した。もはや、大店の隠居ではなく、無縁人となってしまったのである。

もっとも、それを一番、望んでいたのは権兵衛自身であった。

「本当にいいんですかい？」

紋三が品川宿《しながわじゅく》まで、ちょっとした用も兼ねて、見送りに来ていた。

「へえ。これで、スッキリしやした……深川にあっては、紋三親分にも世話になりましたが、今般はまたありがとうございました」

「俺は何もしてねえよ。桃太郎君がな、宜しくと言ってたぜ」

「桃太郎君……ああ、吉原に無理矢理、連れてった若君ですな……あれ、本当に何処かの若君なんですか。どうも頼りなく、吉原からも、花魁の肌にも触れずに、途中で逃げ出しましたが」

「そういう性分なのであろう。きっといい殿様になるよ」

誤魔化すように紋三は言ってから、

「それより、本当によいのかね。『日向屋』に未練はないのかね」

「全然、ありません……お白洲《しらす》でも、大岡様は、番頭の得兵衛を襲った浪人者は、あの賭場の胴元が使わした者で、私たちを殺そうとしたと聞きました。狙いは、『日向屋』の主人に収まった政右衛門を、思うがままに操ろうとしたとか……あのうるさ型の番頭では、余所者が入る隙がないですからねえ」

「だな……」

「でも、本当によかった。親分さんのお陰で、政右衛門は悪い道から救われた」

「いや、それが、おまえさんの狙いだったんだろう？」

「ええ……？」

何を言い出すのだと、権兵衛は振り向いた。紋三は穏やかに微笑みかけながら、

「政右衛門は、ほんとうに怠け者で、縦のものを横にもしない奴だった。そのくせ我が儘で、真面目に働こうともしない。何度、説教しても馬耳東風《ばじとうふう》。しかも悪い連中と付き合っている様子もある。だから、権兵衛さん……あんたは、母親が違っても、弟の先行きが心配になった」

「……」

「そんな時、おまえさんは、自分の体が悪いと知った。正直に言ったところで、政右衛門はこれ幸いにと、怠け癖が増すのは目に見えていた。あるいは、衝撃のあまり、弟は却って何も出来ない人間になるかもしれない」

「……」

「だから、おまえさんはガラっと変わって、弟も驚くような浪費をし、頭もおかしくなった……と見せかけたんだろう。余りにものひどさに、政助は、己の姿を反省するかもしれない。そして、自分が真剣にやらねば、と気付いてくれるよう願ったんじゃ？」

紋三が一気に語ると、権兵衛は苦笑いをしながら、

「親分さんは、なんだってお見通しなんですねえ……やっぱり江戸一番の親分さんだ」

「……」

「ま、どうやら、政助は自分がしっかりとやらなきゃダメだと、本気で思ったようです。それでいい。それで安心です……私は、トチ狂った兄のまま死んでいく……ええ、それで本望ですよ」

権兵衛の弟を思う心、そして、残りの命で精一杯頑張ろうとしたことに、紋三はいたく感心した。

「ですから、親分さんも、どうかどうか、政助をこれからも見守ってやって下さい……今度こそは、本当に立ち直ったと思います」

「ああ、ガッテン引き受けた」

紋三は胸を叩いて、

「後、もうひとつ、おまえさんに伝えておかなきゃならねえことがある」

「はい。なんでございましょう」

「病は、早とちりだ。町医者の見立て違いであろう……って話だ。なに、藪坂清堂先生がな、余命幾ばくもないほどの悪い病ではないだろうとのことだ。おまえが酔って寝ている間に診たところ、そうだと、な」

「えっ……いや、慰めは結構でございます。それが本当なら、無駄な散財をしたことになりますからねえ」

権兵衛は眉を下げて笑った。

「とにかく、お伊勢参りをすりゃ、良くなるかもしれない。また江戸に帰ってきたころには、政右衛門もおまえさんを温かく迎えるんじゃねえかな。俺は、そんな気がするぜ」

そう言う紋三に、権兵衛は深々と頭を下げて、東海道を歩き出した。

海辺に続く松並木には、陽光が降り注ぎ、潮風がそよいでいる。美しく静かな波音が包み込んで、行く手には冠雪も鮮やかな富士山が、青い空に聳《そび》えていた。

見送って踵《きびす》を返した紋三に、

「最中に団子、草餅にお汁粉は如何《いかが》ですか。甘いよ、甘いよ」

と茶店の売り子が声をかけた。

姉さん被《かぶ》りで、着物の裾を少し上げ、可愛らしい笑みを湛《たた》えている。

だが、紋三はまっすぐ最中へ目がいった。実に美味《うま》そうな薄皮で、中の餡子《あんこ》がうっすらと見えるものである。ゴクリと喉を鳴らして近づいて、手を伸ばそうとした紋三に、

「お疲れ様でした。大好物の最中、五個や六個じゃ足りませんよね」

と売り子が微笑みかけた。

よく見ると――桃香である。だが、特に、桃香は何も言わず、紋三もとやかく言うこともなく、微笑みあって茶店の中に消えた。

また何か、事件が始まるのかもしれないと、遠くから富士山も見下ろしていた。

本書は書き下ろしです。

実業之日本社文庫　最新刊

彩瀬まる
桜の下で待っている

桜の季節に新幹線で北へ向かう五人。それぞれの行く先で待つものは――心のひだにしみこんでくる「ふるさと」をめぐる連作短編集。（解説・瀧井朝世）

あ19 1

五十嵐貴久
学園天国

新婚教師♀と高校生♂はヒミツの夫婦!? 平和な学園生活に忍び寄る闇にドタバタコンビが立ち向かう。懐かしくて新しい！ 痛快コメディ。（解説・青木千恵）

い3 4

井川香四郎
桃太郎姫七変化　もんなか紋三捕物帳

綾歌藩の若君・桃太郎、実は女だ。十手持ちの紋三のもとでおんな岡っ引きとして、仇討、連続殺人など、次々起こる事件の〈鬼〉を成敗せんと大立ち回り！

い10 4

津本 陽
信長の傭兵

日本初の鉄砲集団を組織した津田監物に新興勢力の織田信長も加勢を仰ぐ。天下布武の野望に向け、最大の敵・本願寺勢との決戦に挑むが!?（解説・末國善己）

つ2 2

鳴海 章
流転　浅草機動捜査隊

外国人三人組による金塊強奪事件が発生。犯人から銃を向けられた小町――特殊部隊SAT出身の新メンバー・本橋も登場の人気警察小説シリーズ第9弾！

な2 10

原田ひ香
三人屋

朝・昼・晩で業態がガラリと変わる飲食店、通称「三人屋」。経営者のワケあり三姉妹と常連たちが織りなす、味わい深い人情ドラマ！（解説・北大路公子）

は9 1

幡 大介
幕末愚連隊　叛逆の戊辰戦争

幕末の大失業時代、戦いに飛び込んだ男たち。下野、会津、越後、信濃と戦場を巡る、激闘の日々。戊辰戦争の真実とは。渾身の歴史長編！（解説・細谷正充）

は10 1

南 英男
報復の犬

ガソリンで焼殺された罪なき弟。復讐の狂犬となった、元自衛隊員の兄は犯人を追跡するが、逆に命を狙われ……壮絶な戦いを描くアクションサスペンス！

み7 8

実業之日本社文庫　好評既刊

風野真知雄
月の光のために　大奥同心・村雨広の純心
初恋の幼なじみの娘が将軍の側室に。命を懸けて彼女の身を守り抜く若き同心の活躍！　長編時代書き下ろし、待望のシリーズ第1弾！

か11

風野真知雄
消えた将軍　大奥同心・村雨広の純心2
紀州藩主・徳川吉宗が仕掛ける幼い将軍・家継の暗殺計画に剣豪同心が敢然と立ち向かう！　長編時代書き下ろし、待望のシリーズ第2弾！

か13

風野真知雄
江戸城仰天　大奥同心・村雨広の純心3
将軍・徳川家継の跡目を争う、紀州藩吉宗ら御三家の陰謀に大奥同心・村雨広は必殺の剣「月光」で立ち向うが大奥は戦場に……好評シリーズいよいよ完結!!

か15

倉阪鬼一郎
大江戸隠密おもかげ堂　笑う七福神
七福神の判じ物を現場に置く辻斬り。隠密同心を助ける人形師兄妹が、闇の辻斬り一味に迫る。人情味あふれる書き下ろしシリーズ。

く42

倉阪鬼一郎
からくり成敗　大江戸隠密おもかげ堂
人形屋を営む美しき兄妹が、異能の力をもって白昼に起きた奇妙な押し込み事件の謎と、遺された者の心を解きほぐす。人情味あふれる書き下ろし時代小説。

く43

鳥羽　亮
残照の辻　剣客旗本奮闘記
暇を持て余す非役の旗本・青井市之介が世の不正と悪を糾す！　秘剣「横雲」を破る策とは!?　等身大のヒーロー誕生。（解説・細谷正充）
と21

実業之日本社文庫　好評既刊

鳥羽 亮
白狐を斬る 剣客旗本奮闘記
白狐の面を被り、両替屋を襲撃した盗賊・白狐党。非役の旗本・青井市之介は強靭な武士集団に立ち向かう。人気シリーズ第8弾！
と28

鳥羽 亮
怨霊を斬る 剣客旗本奮闘記
総髪が頬まで覆う牢人。男の稲妻のような斬撃が朋友・糸川を襲う……。殺し屋たちに、非役の旗本・市之介が立ち向かう！ シリーズ第9弾。
と29

鳥羽 亮
妖剣《ようけん》跳《おど》る 剣客旗本奮闘記
血がたぎり、斬撃がはしる!! 大店を襲撃、千両箱を奪う武士集団・憂国党。市之介たちは奴らを探るも、逆襲を受ける。死闘の結末は!? 人気シリーズ第10弾。
と210

鳥羽 亮
くらまし奇剣 剣客旗本奮闘記
日本橋の呉服屋が大金を脅しとられた。非役の旗本・市之介は探索にあたるも…。大店への脅迫、斬殺される武士、二刀遣いの強敵。大人気シリーズ第11弾！
と211

鳥羽 亮
三狼鬼剣 剣客旗本奮闘記
深川佐賀町で、御小人目付が喉を突き刺された。連続殺人と強請り。非役の旗本・青井市之介は、悪党たちを追いかけ、死闘に挑む。シリーズ第一幕、最終巻！
と212

葉室 麟
刀伊入寇 藤原隆家の闘い
戦う光源氏――日本国存亡の秋、真の英雄現わる！『蜩ノ記』の直木賞作家が、実在した貴族を描く絢爛たる平安エンターテインメント！（解説・縄田一男）
は51

実業之日本社文庫 い104

桃《もも》太《た》郎《ろう》姫《ひめ》七《しち》変《へん》化《げ》　もんなか紋《もん》三《ぞう》捕《とり》物《もの》帳《ちょう》

2018年２月15日　初版第１刷発行

著　者　井《い》川《かわ》香《こう》四《し》郎《ろう》

発行者　岩野裕一
発行所　株式会社実業之日本社
〒153-0044　東京都目黒区大橋 1-5-1
クロスエアタワー８階
電話 [編集]03(6809)0473 [販売]03(6809)0495
ホームページ http://www.j-n.co.jp/
DTP　ラッシュ
印刷所　大日本印刷株式会社
製本所　大日本印刷株式会社

フォーマットデザイン　鈴木正道（Suzuki Design）

ISBN978-4-408-55381-8（第二文芸）